AF284598

Couchchaos

14 Kurzgeschichten

Über das Buch

»Miese Gedanken sind der Isolierstoff zwischen mir und meiner Umwelt.«

Eine Frau geht in ihrer Badewanne an Bord eines Papierschiffs, ein Paar wandert über Möbel und ein Mann, dessen Name sich keiner merken kann, spricht von der Couch aus mit seinen Bücherschränken …

»Couchchaos« nähert sich dem modernen Menschen auf einfühlsame wie humoristische Weise. Psychologisch, verträumt, surreal und wohltuend melancholisch – in 14 Kurzgeschichten treffen Personen und Mobiliar, Seelenraum und Außenwelt, Pandemie und Heavy Metal aufeinander.

Über die Autorin

Patricia Horn ist 1991 in Mainz geboren. Bereits in ihrer Kindheit erzählte sie Geschichten. Ihr Debüt »Couchchaos« erscheint 2022 im Selbstverlag. Die Psychologiestudentin lebt mit ihrem Mann und zwei Katzen im Rhein-Main-Gebiet. Derzeit schreibt sie an einem Roman.

Couchchaos

14 Kurzgeschichten

Patricia Horn

1. Auflage, 2022

© 2022 Patricia Horn

Herstellung und Verlag: BoD – Books on Demand, Norderstedt

Lektorat und Korrektorat: René Welter, Mainz

Buchsatz: Antje Grube

Bibliografische Information der Deutschen Nationalbibliothek: Die Deutsche Nationalbibliothek verzeichnet diese Publikation in der Deutschen Nationalbibliografie; detaillierte bibliografische Daten sind im Internet über dnb.dnb.de abrufbar.

ISBN: 9783756220373

Patricia Horn

c/o autorenglück.de

Franz-Mehring-Str. 15

01237 Dresden

Instagram: patriciahorn_autorin

E-Mail: patriciahornautorin@gmail.com

Inhaltsverzeichnis

Selbstflucht

An einem Dienstagfeierabend im Herbst spannte sich unerträglich mein Ich auf. Es war an der Zeit, vor mir davonzulaufen. Daher faltete ich ein Stück der Zeitung vom Vortag zu einem Schiffchen und ließ Wasser in die Badewanne ein. Das Segel des Schiffes verkündete mit fettgedruckten Lettern: »Schon wieder«. Seufzend entledigte ich mich meiner Kleidung und tauchte den linken Fuß ins wohligwarme Badewasser. Auf Badezusätze verzichtete ich. Zu groß war die Gefahr, dass das Papierschiffchen gegen einen glitzernden Schaumberg prallte und mit mir versank wie die Titanic. Falls mein Schiff dagegen strandete, blühte mir das qualvolle Hoffen auf Rettung, schlimmstenfalls der Hungertod. So sank ich ins heiße Nass, das augenblicklich meine Muskulatur entspannte. Ohne Seifenblasen, ohne Fliederfarbe, ohne den Wohlgeruch von Lavendel-Orange wirkte es trostlos.

Nun stellt sich die Frage: Wie läuft man in einer Badewanne vor sich selbst davon? Da es sich im Wasser schwerlich laufen lässt, schwimmt man naturgemäß eine Weile. Nach dem Schwimmen stieg ich auf mein selbstgebautes Schiff (an diesem Punkt ist es unerlässlich, darauf zu achten, nicht mit dem Papierschiff zu kentern, denn es beendet die Reise, bevor sie begonnen hat).

Ich setzte mich am Bug in den Schneidersitz und ließ den Blick auf dem Wasser ruhen, das unverändert windstill dalag. Dabei spürte ich in meinen Körper hinein und lauschte dem Wellengang meines Atems. Das Boot fuhr wie von selbst. Ich trieb mit geschlossenen Augen dahin, ließ Gedankenfetzen und Erinnerungswelten vorüberziehen, bis ich mich auf teerigem Traumgewässer wiederfand. Inseln aus Salzgestein luden zur Erkundung ein. Über mir flirrten Sterne, in deren Mitte der Mond sein Licht ergoss. Jäh prallte mein Schiff an einen Berg. Tonlos riss das Papier entzwei.

In die Wanne steigt man für gewöhnlich ohne Kleidung. Am Einlass zur Traumwelt muss der physische Körper abgelegt werden. In Geistgestalt sprang ich vom Papierwrack, warf einen letzten Blick auf meine fleischliche Hülle.

Den schier unerreichbaren Gipfel des Berges zum Ziel erkoren, erklomm ich das Salzmassiv. Kaum vorstellbar, wie viel Kraft die Fortbewegung in Seelen-Gedankenform kostet. Jedes Mal, wenn ich Halt an einem Vorsprung oder Spalt fand, überkam mich meine Vergangenheit. Ich erinnerte jede gemeisterte Herausforderung und all die Hürden, an denen ich scheiterte, von meiner Einschulung bis zum Studienabschluss. Ich erlebte die Umstände meines ersten Kusses, sah den bitteren

Gesichtsausdruck, mit dem diese Beziehung ihr Ende fand. Ich betrat das Firmengebäude an meinem ersten Arbeitstag, beobachtete mich bei dem Versuch, meine Einsamkeit beim abendlichen Wandern zu verdrängen, schrumpfte und saß bei Oma auf dem Schoß, dann betrachtete ich ihren Grabstein. Ich durchlebte ganze Jahresrückblicke. Nachfolgend zeigte sich meine Zukunft, Traumgebilde, Luftschlösser und todsichere Pläne, abgelöst von der Gegenwart, Stress, Termindruck, Alltagsroutine.

Stunden oder keine Minute später erreichte ich eine marmorne Plattform, auf der es sich bequem pausieren ließ. Ein winziges, im Steinboden eingelassenes Messingschild verkündete:

»Gedanken und Erinnerungen bitte hier zurücklassen.«

Augenblicklich sorgte ich mich. Wie in drei Teufels Namen ließ man seine Gedanken und Erinnerungen zurück? Auf dem kühlen Marmor sitzend, betrachtete ich grübelnd den schwarzen, vom Mondlicht begossenen Ozean. Der hellste Stern des Nachthimmels zog meine Aufmerksamkeit auf sich. Je länger ich in sein Licht sah, desto greller wurde es. Da öffnete sich in mir ein Tor. Hinein strömte frühlingshafte Helligkeit, wollweich und weit. Dieses vollkommene Weiß, das Fundament meines Daseins – erfüllten es je Farbe, Bewegung und

Worte? War mir dieser Ort nur aus früherer Zeit vertraut oder begleitete er mich seit jeher? Die Aufklärung dieser Fragen verlor an Dringlichkeit, Gedanken verflüchtigten sich nebelgleich, Erinnerung blieb fern.

Ich schwebte. Ich glaube, Seelen schweben immer. Im gleißenden Licht schwang ich hin und her, wehte im Nichts, in allem, wie Blütenstaub in einer zarten Brise. War farbneutrales Ich, bar jedes Gedankens und Erinnerns. War Heiterkeit, war Depression. War Lachen und im Fallen Panik. War Ehrgeiz, Furcht auf der Suche, Liebe in Selbstumarmung. War Hoffnungslosigkeit am Point of no Return, bis Zuversicht mich strahlen ließ und menschliches Leid, menschliche Freude unsichtbare Tränen vergoss. War hier, allein und ohne Hinweisschild »Bitte Gefühle zurücklassen.«

Weiße Wolken trugen die Küsse der Sonne auf ihrem Rücken. Auf der Rückseite des Nebels entdeckte ich Klarheit, herzhüpfende Euphorie umarmte mich.

Im abgekühlten Badewasser schwammen Zeitungspapierfetzen. Ich umschlang meine Beine. Draußen peitschte der Herbstwind die Weide an das Fenster. Noch immer war ich Leichtigkeit, spürte die Weite in meiner Brust. Die Flucht vor mir, von Erfolg gekrönt, führte letztlich zurück zu mir selbst.

Locher

Er steht im Türrahmen. Ein dürrer Geist mit Kleiderbügelschultern, sein Engelsgesicht blass im einfallenden Deckenlicht. Sie liebt die Zornesfalte über seiner vernarbten Augenbraue, die seinen Zügen die Sanftheit nimmt. Seine Wut hat sich infolge unerfüllter Bedürfnisse auf seiner Haut verewigt. In Betrachtung dieses Gesichts vergisst sie zu atmen. Wie lange hat sie sich in seinem Anblick gespiegelt? Dabei unterscheiden sie sich von Grund auf. Männliche Wut ist animalisch; weibliche Wut ist Hysterie, folglich lächerlich. Und keine Mutter duldet sie. Daher lernte sie früh, jede Reaktion auf empfundene Ungerechtigkeit zu unterdrücken. Ihr Gesicht trägt keine Zornesfalte. Vielleicht ist sie auf ihrer Seele zu sehen.

Er steht reglos im Türrahmen. Wie ein Tier, das Gefahr wittert. Ein ungewohnter Anblick. So hat sie also all die Jahre ausgesehen, wenn er nach Hause kam. Diese Haltung qualifiziert ihn als Opfer. In diesem Augenblick wird ihr klar, warum für ihn die Veränderung, die Noah in ihr hervorgerufen hat, so offensichtlich ist.

Selbst in dieser Situation erinnert sie sich an das Gefühl seiner weichen Lippen auf ihren. Doch sie ist klüger als früher, der Schwung dieses Mundes suggeriert zwar Sensibilität, aber die Kerben des

Lochers, der stets auf seinem Schreibtisch stand, sprechen eine andere Sprache.

Sie klemmt zwischen dem Schatten der lichtlosen Küche und dem Brummen des Kühlschranks. Mit aller Kraft reißt sie sich aus diesen toxischen Gedanken. Sie hat Noah. Er ist das Ende ihrer widersprüchlichen Gefühle, der qualvollen Zerrissenheit. Sie zwingt sich, ihre Hände zu entspannen. In Zukunft würden sich ihre langen Fingernägel nur noch im nächtlichen Albtraum ins Fleisch ihrer Handinnenflächen graben. Sie lockert die pochenden Finger, schenkt ihren erblassten Knöcheln Farbe. Eine Faust ist eine Waffe, für den, der sie beherrscht. Sie braucht sie nicht. Die Zeit hält den Atem an, steht wie der Locher auf dem Schreibtisch.

Ich liebe dich, aber deine Liebe tötet mich. Drum hasse ich dich, weil ich dich mehr liebe als mich. Das gleichzeitige Empfinden von Liebe und Hass gegenüber derselben Person spaltet einen Menschen.

Sie prescht aus der Lichtlosigkeit, zückt Zeige- und Mittelfinger. Unzählige Male hat sie es an der harten Sofalehne geübt. Obwohl ihr ganzer Leib zittert, gelingt ihr der pfeilschnelle Fingerstich in seine Augenhöhlen mit erstaunlicher Präzision. Die Möglichkeit besteht, dass sein Sehvermögen für immer dahin ist. Er flucht. Seine Wut strömt in

Wellen, trübt sich mit Angst. Seine Welt ist düster. Mit einer Hand hält er sich die Augen, mit der anderen schlägt er um sich.

»Viele denken, ein Schlag auf die Nase führt sofort zum k.o.«, hat Noah ihr gesagt. »Das ist falsch. Weil die Nase größtenteils aus Knorpel besteht, ist sie sehr flexibel und setzt den Gegner in den wenigsten Fällen sofort außer Gefecht. Das sieht man ja bei Boxkämpfen. Die Nase lässt sich allerdings fabelhaft dazu nutzen, um ihn zu Boden zu bringen. Fass unter die Nase und zieh den Kopf nach hinten. Er wird ungeachtet seiner Körpergröße rückwärts umkippen, weil das ziemlich wehtut.«

Regelmäßig wog sie den Locher in der Hand. Mit diesem Büromittel zertrümmerte er einst ihre Nase. Trotz aller Wucht blieb sie auf beiden Beinen stehen. Anschließend flog der Locher durchs Zimmer. Sobald sie ihre Augen schließt, sieht sie ihn, synchron mit seinem Schatten hinter ihm, den Arm mit dem Locher in der Hand heben. Immer und immer wieder saust er auf sie zu, saust gegen die Wand. Wenn er zuhause ist, lebt sie in Unruhe. Bewegt er sich hektisch, zuckt sie zusammen. Erst wenn er einschläft, traut sie sich, die Augen zu schließen. Die innere Anspannung weckt sie, bevor er erwacht. Ganze Nächte ohne Schlaf. In ihren Träumen überschwemmt sie das Rot ihrer Rache.

Sein Blut. Ihr Nasenbein zeigt sich dauerhaft verändert, etwas schief und eingesunken. Der Schmerz flackert, fest in ihrem Gedächtnis vergraben, erneut auf, sobald sie sich an den Vorfall erinnert. Weil sie sich sicher ist, dass es ihm leidtut, behielt sie den Vorfall für sich. Anstatt zur Polizei zu gehen, erfand sie einen Fahrradunfall, der jedem, der nach ihrer Nase fragt, plausibel erscheint.

Jetzt setzt er seine Schritte blind in die Dunkelheit der Küche, tastet mit der einen, hält seine Augen mit der anderen Hand. Sie umkreist ihn, sodass sie die Küchentür im Rücken hat. Kurz öffnet sie den Mund, sagt nichts, schließt ihn wieder. Der Locher steht heute auf dem Küchentisch, bereit zur Benutzung. Sie ergreift die Büromaschine. Holt mit dem Arm weit aus. Zögert. Schlägt damit auf seine Ohrmuschel. Er sinkt schreiend zu Boden. Er flucht nicht mehr. Ein Schweißtropfen rinnt aus ihrem blonden Haar. Das Zittern lässt nach. Ihre Atmung wird flacher. Die Befriedigung bleibt aus. Vielleicht ist sein Trommelfell geplatzt, vielleicht nicht. Vielleicht ist er blind, vielleicht nicht. Vielleicht ist sie nun ein anderer Mensch, vielleicht nicht.
Das Bild eines bunten Vogels, der aus einem Gittertürchen fliegt, erscheint vor ihrem geistigen Auge. Der Käfig wirkt ausgeräumt. Was nimmt den Platz des Vögelchens ein? Leere breitet sich in ihr aus. Leere ist Abwesenheit.

Sie verlässt die Wohnung mit der Tasche, die sie zuvor gepackt hat. Er folgt ihr nicht. Er sagt nichts. Er wimmert nicht. Er liegt auf dem Küchenboden, verdreht, wie ein heruntergefallener Handschuh.

Noah steht im geöffneten Gartentor. Er ist ihre Zuflucht, ein Zuhause in blauer Jeans und weißem T-Shirt, mit sonnengebräuntem Engelsgesicht. Sie küsst die Zornesfalte über seiner vernarbten Augenbraue.

Der fehlende Stein

Kurz nachdem ich in mein neues Haus eingezogen war, stellte ich fest, dass in der Wand zur Straße hin ein Stein fehlte. Ob menschliches Versagen oder eine architektonische Notwendigkeit Grund für die lückenhafte Vollendung des Wohnhauses war, erfuhr ich nie. Ich hatte eine Veranlagung zur unerschütterlichen Vertrauensseligkeit und neigte zur Verantwortungsabgabe; Charaktereigenschaften, die mich davon abhielten, einen unabhängigen Bausachverständigen hinzuzuziehen, der den Mauerwerksverbund für mich überprüfte; der gute Ruf der Baufirma reichte mir. Da mir weiterhin der Aufschub unangenehmer Situationen im Blut lag, verzichtete ich auf die Geltendmachung eines Gewährleistungsanspruchs beim Bauunternehmer. Handwerkliche Betätigungen waren mir ein Gräuel und ich unterließ jede Anstrengung. Trotzdem fiel es mir bisweilen schwer, die Unvollständigkeit meines Hauses zu akzeptieren. Stopfte ich die Lücke mit einem Kissen oder einem sonstigen formbaren Gegenstand, erschien mir das Ganze umso unnatürlicher. Und auch ein Bild davor zu hängen, fühlte sich falsch an.

Stand einer in meinem Vorgarten links neben dem Rhododendronstrauch am Gartenzaun, konnte er sich bequem hinüberlehnen und in die Wohnküche spähen. Die DHL-Frau war die Erste, die sich das Loch in der Wand zunutze machte. In meiner Abwesenheit entschied sie, ein schmales Päckchen durch den Spalt zu schieben. Eine Nachbarin, die Klatschbase des Dorfes, beobachtete sie dabei. Ich erfuhr es im Nachhinein und stellte mir vor, wie sie hinüber huschte, um sich zu vergewissern, welchen Weg das Päckchen genommen hatte. Jedenfalls blinzelten mir von da an regelmäßig grüne, braune, blaue oder graue Augen durch die Wand entgegen.

Mehrfach griff ich zum Telefon, um einen mir unbekannten ortsansässigen Handwerker zu beauftragen, den immerwährenden Durchzug zu beenden und meine Privatsphäre wiederherzustellen. Siebenmal drückte ich auf »anrufen«. Siebenmal stieg mir beim ersten Tuten die Schamesröte ins Gesicht. Ich legte auf, siebenmal in Folge. Der Handwerker rief dreimal zurück. Ich ließ es ebenso oft durchklingeln. Auf der ganzen Welt gab es niemanden, sagte ich mir, der bei der Bauabnahme seines eigenen Hauses derart versagte, niemanden, der geistig orientierungsloser, merkwürdiger war und solche Offensichtlichkeiten übersah, niemanden, der sich den Dingen mehr ergab. Je länger ich mich mit meiner Unfähigkeit beschäftigte, desto schwerer fiel es mir, eine Lösung zu finden.

Wie ein Zootier, das sich in seiner Höhle vor den Blicken der Zoobesucher versteckt, verkroch ich mich in meine anderen Zimmer, sobald Schritte herannahten. Ich sprang hinter die Couch oder den Vorhang, wenn ich unbekannte Augenpaare in der Wand bemerkte, und wartete, bis der ungebetene Gast verschwunden war. Ich schaltete bei Dunkelheit weder Licht ein, noch sah ich fern, noch las ich. Auf der Couch liegend, zog ich beim geringsten Geräusch die Wolldecke über den Kopf. Ich stellte mich tot. An manchen Tagen verließ ich das Schlafzimmer kaum, hastete in gebückter Haltung zum Kühlschrank und kochte mithilfe eines Wasserkochers Fertigsuppen auf meinem Bett. Dabei überlegte ich, was sich die Besucher dachten. Fragten sie sich, warum ich allein lebte? Weshalb sie mich kaum sahen? Ob ich feindselig, unsozial oder scheu war? Ob ich etwas zu verbergen hatte? Unangenehme Gefühle rumorten in meinem Bauch wie ein explosionsgeladener Bienenstock. Schließlich eilte ich aus der Deckung und schob doch einen Schrank vor das Loch. Nach kurzfristiger Erleichterung schüttelte ich den Kopf. Das Möbel war der Beweis für meine Scheu, für Feindseligkeit und Asozialität. Ich sorgte wieder für freie Einsicht. Und verkroch mich nicht mehr.

Im vollen Bewusstsein darüber, dass fremde Menschen mein Innenleben interpretierten, um dann wegen ihrer eigenen Gedanken aufgewühlt oder beleidigt zu sein, nahm ich meine alltäglichen Aufgaben wieder auf. Die Beobachter ignorierend, arbeitete ich im Home Office, saß mit einer Heilerde-Gesichtsmaske auf der Couch vor einer Netflix-Serie, trank einen Kaffee zum Frühstück, als wäre ich ungestört. Doch die Eindringlinge waren im Unrecht, daher grüßte ich sie nie. Vielmehr beobachtete ich auch sie. Sobald ein Augenpaar verschwand, huschte ich zum Fenster. Nicht wenige verließen kopfschüttelnd meinen Rasen. Andere grüßten mich im Supermarkt nicht mehr.

Mit der Zeit mutiger werdend, begann ich die Nachbarn zu testen. Beispielsweise starrte ich zurück, bis sie auf- und die Lücke freigaben. Augenkontakt beunruhigte mich seit jeher. Mithilfe des fehlenden Ziegelsteins triumphierte ich über dieses Problem. Fortan redete ich mir ein, die Lücke im Mauerwerk bestellt zu haben, um mich meinen Ängsten und der Einsamkeit zu stellen. Dieser Triumph währte jedoch nur kurze Zeit. Worin unterschied ich mich nun von den Gaffern? Dachte ich nicht ähnlich über sie? Fragte ich mich nicht, welche Schlechtigkeit sie veranlasste, meine Privatsphäre zu verletzen? Warum sie ihrerseits nicht mit mir sprachen? Auch ich versuchte, das Verhalten dieser ungebetenen Besucher aus einer psychologischen Perspektive nachzuvollziehen. Einmal rief ich, nachdem ich meinen ganzen Mut zusammengenommen hatte: »Sie trauen sich wohl nicht, an meiner Tür zu klingeln und mir gegenüberzutreten. Dann wüssten Sie nicht, was

Sie sagen sollen, aber hier heimlich nachzusehen, gibt Ihnen Sicherheit. Sie interessieren sich für mein Leben, umgehen aber Ihre Angst, denn Sie müssen nichts von sich preisgeben – ich sehe ja nur Ihre Augen.«

Der Unbekannte keuchte, ich fühlte mich siegreich, verstellte beim folgenden ungebetenen Besuch am nächsten Tag meine Stimme und flüsterte aus einer uneinsichtigen Ecke: »Können Sie Ihr eigenes Spiegelbild in meinen Fenstern nicht ertragen? Dort würden Sie viel mehr über mich und sich erfahren.«

Derlei wurde zum unverhofften Spaß. Eines Mittwochs fragte ich: »Wollen Sie nachsehen, ob ich besser als Sie bin oder schlechter?«

Ich wiederholte diese Fragen bei unterschiedlichen Augenpaaren. Die Reaktionen fielen nicht minder verschieden aus. Von »hast recht« bis »Sie Spinner«, erschrecktem Geschrei und leisem Schluchzen war alles dabei.

Mit neuem Selbstbewusstsein verwickelte ich den Nächstbesten in ein Gespräch. Er wohne um die Ecke, dachte, er sehe mal vorbei, die Gelegenheit sei schließlich gegeben. In letzter Konsequenz gewöhnte ich mir an, mit meinen Besuchern über das Leben zu plaudern. Ich freute mich auf ihre Rückkehr, wenn sie gingen.

Gelegentlich erlag ich dem Drang, heimlich in die Welt hinauszuspähen, beobachtete Passanten beim

Vorbeilaufen, bewunderte die Autos der Nachbarn, entdeckte, wer wen liebte.

Mit einer Rentnerin teilte ich einmal ein Stück Apfelkuchen durch den Spalt des fehlenden Ziegelsteins. Sie vermute, sagte sie mit bedeutungsschwangerer Stimme, Neugier gegenüber anderen Menschen resultiere aus dem Wunsch nach Nähe. Die Neigung zu Missgunst und Selbstschutz verhindere jedoch, offen aufeinander zuzugehen.

Einem Studenten aus der WG gegenüber reichte ich ein andermal eine Kartoffelpresse durch das Mauerwerk. Ich erklärte ihm meine Interpretation seines Verhaltens, meine Vermutung, weshalb er sich über das Loch an mich wendet, um sich den Gegenstand zu leihen, anstatt den regulären Weg der Haustür zu nutzen. Er sagte schlicht: »Dein Zwang, alles logisch zu erklären, wirkt gefühlskalt.«

Ich bohrte nach.

»Man hat Angst, verletzt zu werden. Du bist schwer einzuschätzen. Du hast uns lange ignoriert, kommst kaum aus dem Haus.«

»Und dennoch kommt ihr alle zu mir, um an meinem Leben teilzuhaben.«

Kaltes Regenwasser fraß sich in mein Haus. Niemand sah, wie es meine Wand, meine Möbel, das Innerste durchnässte und tagelang nicht trocknete. Ich lernte, mit dem fehlenden Ziegelstein zu leben. Die Schaulustigen veränderten gelegentlich meine

Stimmung. Ebenso beeinflusste meine Stimmung die Bedeutung, die ich den Besuchen beimaß. Sah ich ein freundliches, ehrliches Lächeln anstatt spöttischer Augen, schmunzelte ich trotz vorheriger Niedergeschlagenheit. Konnte ich mich wieder einmal nicht zur Tätigkeit aufraffen oder saß ich betrübt auf der Couch, bohrte sich mir der unverblümte Hass, zu dem mein halboffenes Privatleben führen konnte, direkt ins Herz.

»Geh weg«, hätte ich dann am liebsten geschrien, »wenn du nur über mich lachen willst, weil dir dein eigenes Leben erbärmlich vorkommt und du dich durch das Schlechte in meinem besser fühlst! Verschwinde und kümmere dich um dich selbst! Denn das ist unsere Pflicht. Wir sollten uns um uns selbst kümmern, damit wir bessere Menschen sind und anderen damit helfen können!«

Man schmiss Zigarettenstummel und anderen Müll in meine Wohnküche, verhöhnte die Inneneinrichtung, beurteilte mein Verhalten, beleidigte mich. In der Hexennacht warfen Kinder rohe Eier und Klopapier durch das Loch in der Wand. Als ich am nächsten Morgen aus der Haustür trat, entdeckte ich eine Handvoll Nachbarn, die den Spaß der Kinder mit Lappen und Kehrbesen beseitigten. Ihre Augen, ihre Stimmen waren mir vertraut.

Der immerwährende Durchzug trug die Düfte der verlockenden Außenwelt mit sich, überredete mich hinauszugehen, wenn ich zum Rückzug neigte. Das Fehlen des Ziegelsteins zwang mich zur verstärkten Selbstreflexion. Ich brachte mehr Verständnis für mich und für andere auf als früher. Zu gern hätte ich das unverstellte Innere jedes Einzelnen kennengelernt, alle Gedanken und Gefühle. Es entstand der Wunsch, den Besuchern Gutes zu tun. Ich schenkte ihnen Gehör, Rat und freundliche Worte. Ich teilte mein Essen mit ihnen.

Vielleicht würde ich eines Tages Stein und Mörtel kaufen, um diesem Kapitel ein Ende zu setzen, doch bislang gewannen die herzlichen Begegnungen durch das Loch in der Hauswand. Wenn es so weit war, würde ich den neuen Stein mit einer zweiten Klingel versehen, auf der stünde:

»Schön, dass du hier bist!«

Und auf das Läuten warten.

La chancla

Carla der Pingpongball. Hin drückt der Schuh ihres Jüngsten, her leidet die Große an Liebeskummer, hin hat der Mann Hunger, her verstopft der Mittlere das Klo. Um das alles zu ertragen, trinkt sie literweise Kaffee mit löffelweise Zucker. Cola Zero und Kaffeeschokolade dienen als Snack für zwischendurch. On top eine Zigarette. Oder zwei. Dann kommt das Zittern. Die Leute sagen, Hausfrau sei kein Job. Aber Carlas Nagellack blättert vom Schuften ab, hält dem Essig, dem Spülschwamm nicht stand. Rückenschmerzen bringen sie fast um. Dafür glänzen ihre Fliesen.

Vor 18 Jahren hatte sie straffe Haut, ohne Kummerfalten und Augenringe. Sie war frisch wie ein rosiges Ferkel. Man nannte sie *belleza*, die Schönheit. Weil sie zudem belesen und schlagfertig war, fürchteten sich die meisten Männer vor ihr. Ihren zukünftigen Ehemann spornte dies nur an.

Das Gefühl, das sich zu Beginn einer großen Abenteuerreise einstellt, ergriff sie beim ersten Blick in Carlos' Augen. Er war wie ein Backsteinhaus mit verriegelter Haustür und großen, warm beleuchteten Fenstern, die anlockten, um einen Blick ins Innere zu werfen. Stilvolle Vorhänge verwehrten den Einblick. Carla, die nach etwas gemeinsamer Zeit und mit den richtigen Worten fast jeden dazu brachte, sich zu öffnen, stand vor verschlossener Tür. Sie wünschte sich nichts sehnlicher, als einzutreten. Zwar fürchtete sie, eine seiner Eroberungen zu werden, aber die Neugier überwog. So tanzte sie sein Spiel aus Nähe und Distanz, denn es entsprach ebenso ihrer Natur.

Nichts schien Carlos je aus der Ruhe zu bringen. Er arbeitete in einer Bar, war früh finanziell unabhängig. Die meisten anderen litten unter der Jugendarbeitslosigkeit. Mit Selbstbewusstsein pflegte er viele lockere Bekanntschaften, scherzte und sprach mit jedem, ob alt, ob jung, ungeachtet des sozialen Status, sodass ihn alle liebten. Dabei war er sich selbst der beste Freund. Carla, die nach wie vor von ihren Eltern abhängig war, brauchte freundschaftlichen Rückhalt und Ermunterung, um sich wohlzufühlen und ihre Ziele zu verfolgen. Daher bewunderte sie Carlos. Die Leichtigkeit, mit der dieser Mann das Leben betrachtete, färbte auf sie ab. Ihre Zukunftsängste lösten sich.

Die ungeplante Geburt ihres ersten Kindes degradierte sie zur Putzfrau und Köchin, freundlich ausgedrückt »Familienmanagerin«. Die Familie, das Haus, der Garten, das ist ihr Job und Carla brilliert darin. Sie liebt ihre drei Kinder, den gut gealterten Carlos, das Eigenheim in Deutschland, den Lebensstandard, den ihr Mann ihnen mit harter Arbeit ermöglicht hat, und dennoch findet sie am Abend keinen Schlaf.

Zum Lesen fehlt ihr die Konzentration. Im Fernsehen bekommen zwei Arten von Leuten definitiv mehr Aufmerksamkeit als sie. Die einen sehen perfekt aus und protzen mit ihrem Reichtum. Die anderen sind Brüllaffen, die mit Wortabfällen um sich werfen. Wahlweise auch komplett tätowierte (Ex-)Türsteher_innen, die als Laienschauspieler ihre Groschenroman-Beziehungsdramen vortragen und damit – im Gegensatz zu ihr – Geld verdienen. Lieber sieht Carla Telenovelas. Diese reißen sie mit weltfremdem Melodrama aus dem Trott. Jedes *final feliz* bringt längst vergrabene Gefühle zurück an die Oberfläche.

Früher erzählte sie Carlos von Márquez' magischem Realismus, von der Einsamkeit Macondos und den Buendías. Heute spricht sie vom Wetter. Oder hört ihrem Mann dabei zu, wie er sich zum hundertsten Mal mit den gleichen Worten über seinen Chef beschwert. Das Furchtbare an Carlas Existenz ist, dass sie ihren geistigen und körperlichen Verfall selbst beobachtet. Um dies zu kompensieren, kauft sie Schuhe. Am liebsten würde sie alle Menschen mit ihren Lieblings-Flipflops bewerfen, bis sie tot umfallen. *La chancla.*

Carlos der Fels in der Brandung, der Mann auf dem grünen Kordsessel. Eine akustische Umarmung bieten ihm das Gebrüll der Fans im Stadion, die hastigen Worte des Stadionsprechers. Bundesliga, Binding, die Füße auf dem Fliesentisch, Entspannungsprogramm. Carla schrubbt den Aschenbecher am Spülbecken der Wohnküche mit Essig. Den beißenden Geruch verabscheut er. Aus Bequemlichkeit spricht er es nicht an. Zugegeben, ein Reinigungsmittel ist kein Gerede wert. Trotzdem rümpft er seit Jahren die Nase in der Hoffnung, Carla merke es. Sein Blick wandert auf ihren Hintern in den engen Jeans, der bei jeder ihrer Bewegungen wackelt. Dann hinab auf ihre nackten Füße in den hohen Keilsandalen. Warum zweifelt sie an ihrer Attraktivität? *En realidad*, etwas Glanz hat sie eingebüßt, wie eine Bildmotivtasse, die zu oft in der Spülmaschine gereinigt wurde. Dennoch hätte er Carla jetzt am liebsten auf seinem Schoß.

Mit Anfang 20 knackte er Frauen wie Kokosnüsse, war Don Juan, ganz ohne Duelle. Carlos' Äußeres, sein Charme öffneten die Herzen der Damenwelt. Er liebte mehr die einzelnen Facetten der Schönheit, die ästhetischen Details der Körper, die Züge, die die eine von der anderen unterschied, und gab wenig auf Worte, Interessen, Werte. Seine Aufmerksamkeit überdauerte selten mehr als zwei Treffen. Unzählige weinten wegen ihm. Unangenehme Gefühle verdrängte er im nächsten Flirt.

Sobald er Carla traf, entstand der Drang, sich zu ändern. Sie veränderte seine Definition von Perfektion, die nicht mehr nur Äußerlichkeiten einschloss. Carla studierte auf Wunsch ihrer Eltern

Gastwirtschaftsmanagement, las und lachte wann immer möglich, sie pflegte wenige, doch tiefe Freundschaften, begegnete allem und jedem voller Neugier, ohne aufdringlich oder laut zu sein. Sie war aufrichtig, loyal und sexy. Fortan arbeitete er an seiner Selbstoptimierung, nicht nur um ihr zu gefallen, sondern weil sie beide einen Traum teilten: nach Deutschland auszuwandern.

Carla sprach fließend Deutsch, sie las Thomas Mann und Hermann Hesse im Original. Er, der nie gelesen, dafür umso mehr gefeiert hatte, merkte, wie sehr er ihre Fähigkeiten, ihr Wissensspektrum bewunderte. Schließlich schrieb er sich in einen Abendkurs ein und lernte neben seinem Barkeeper-Job Deutsch, mit dem Ziel sich in Deutschland fortzubilden. Bald war er auch auf Deutsch eloquent. Früher hätte er diese neue Fähigkeit genutzt, um jede Schönheit zu beeindrucken, die seinen Weg kreuzte.

Bisweilen verstand er Carla nicht. Die Frauen seiner Vergangenheit versuchten, ihn zu binden. Nach erster Intimität fragten sie, wann er Zeit habe, ihre Mütter kennenzulernen. Sie schwatzten ihm ihre Alltagsprobleme auf, wünschten Geschenke ... Carla nicht. Nicht einmal ließ sie ihn bei Dates ihre Rechnung bezahlen. Ihre Eltern lernte er nach zwei Jahren Beziehung kennen, bei der Feier ihres Studienabschlusses und eine Woche vor ihrer gemeinsamen Auswanderung.

Carlos hatte zu Beginn keinen blassen Schimmer, ob Carla, wie die anderen Damen in seinem bisherigen Leben, emotionale oder sonstige Probleme hatte. Das erste Treffen (Restaurant, dann Kino) beendete sie in der Filmpause mit den Worten, man könne auch zu ihr fahren und ins Bett gehen. Erstmalig in seinem Leben fürchtete er, benutzt zu werden. Es schrie nach Karma, doch 18 Jahre später ist sie noch immer an seiner Seite.

Ständig übertrumpften sich die beiden mit Witzen. Lachte Carla nicht mit ihm, sah er ihrem Gesicht an, dass sie etwas beschäftigte. Sie wirkte in solchen Momenten wie meilenweit entfernt. Oft buhlte er um ihre Aufmerksamkeit. Strich er dann über ihre Haut, spürte er die in ihrem Körper gefangenen Emotionen unter seinen Fingern prickeln. Er wunderte sich, woher diese Stimmungen kamen. Schaffte er es, die richtigen Fragen zu stellen, zeigte Carla ihm Lebensfragen und -tatsachen auf, über die er sich bisher keine Gedanken gemacht hatte. Daher nannte er sie liebevoll *genio de la lámpara*, Flaschengeist, denn mit jedem Treffen zeigte sie ihm eine andere Seite ihrer selbst und er liebte alle davon. Die Verführerin, die Schüchterne, die Traurige, die Lustige. Suchte er jedoch die Quelle ihrer Gefühle, blockte sie ab. Dann wurde sie zu Wasser, das ihm durch die Hände rann. Umgekehrt erging es ihr mit ihm genauso. Oft bemerkte er ihren nachdenklichen

Blick. Aber sobald sie offensiv versuchte, die hintersten Winkel seiner Persönlichkeit zu verstehen, fühlte er sich nackt und zog lieber ihr die Kleider aus.

Carlos seufzt. Sie sind ein Paar, das tiefe Kommunikation nie gelernt hat. Dafür die Sprache ihrer Körper, der Liebe umso besser beherrscht. Lediglich der sich beständig neu drehende Roulettekessel des Zufalls bringt Wahrheiten ans Tageslicht. Carla wurde über die Jahre hinweg immer nervöser, irgendwie kleiner. Auch ist sie in der Rolle der Mutter weniger facettenreich. Carlos vermisst seinen Flaschengeist. Liebend gerne würde er wie früher ihren Gedanken über das Leben lauschen.

Darüber hinaus quält ihn der Wunsch, sich bei Carla zu bedanken.

»Danke für deine unerschöpfliche Unterstützung, für die gemeinsamen Jahre«, möchte er schreien.

Aber jedes Wort oder Geschenk wirkt unzureichend. Drum arbeitet er hart, sorgt für Geld und hofft, dass er ihr noch immer gefällt.

Seit Tagen fragt sich Carlos, was *la chancla*, der Flipflop, der am Dienstag pfeilschnell aus der offenen Küche in seine Richtung flog, dieser alte Schuh, der die Kopfstütze seines Lieblingssessels nur knapp verfehlte und sein dünner werdendes Haar am Hinterkopf verhängnisvoll streifte, wirklich zu bedeuten hat.

Einkaufen in der Pandemie

Mein Handy klingelt.

»Jo.«

»Was machst du, Bruder?« Tayo klingt verpennt.

»Bin am Rewe.«

»Einkaufen oder was?«

»Ne, Boxen gehen.«

Tayo lacht, gähnt. So muss eine absaufende Pute klingen. Ich klemme das Smartphone zwischen Schulter und Ohr, stecke mir einen Kaugummi in den Mund, steige aus der chromfolierten Karre und drücke auf die BMW-Fernbedienung. Zweimal, zur Sicherheit.

»Ich kann heute nich«, sagt Tayo.

»Äh? Was is wichtiger als ich?«

»Meine Alte is krank, ey. Glaubt, sie kriegt Fieber.«

»Fieber, echt jetzt?« Meine Stimme krächzt etwas, da der Kaugummi scharf ist.

Tayo lacht sein Schnattern. »Hast zu viel Köfte gefressen?«

»Ne.«

»Hör ma. Sumi kennt einen, der positiv is.«

»Sie kennt einen, der positiv ist?«, wiederhole ich und überfliege das Hinweisschild am Eingang des Rewe-Markts. Maskenpflicht, 1,5 m Mindestabstand, irgendwas mit Einkaufswagen.

»Jo, sie kennt einen, der positiv ist.«

Der verdreckte Desinfektionsspender ist leer. Ich rüttle daran. Der Mechanismus greift, gibt einen Tropfen ab. Das Zeug stinkt wie Gully.

»Also einer, den sie kennt, hat Corona?«, fasse ich Wort für Wort zusammen.

»Ja, Mann.«

Dann bemerke ich die Mädels, die mich anstarren, als sei ich der letzte männliche Covid-19-Überlebende. Die Make-up-verschmierten Masken haben sie aufs Kinn runtergezogen. Ich glotze zurück.

»Sumi kennt einen.« Ich überlege. »Bruder. Kennen, wie ab und zu ma quer durch die S8 grüßen oder kennen, wie wir teilen uns ein Shisha-Mundstück und reden umständlich über unsre Gefühle?«

»Ne, sie sagt nich mehr Hallo in der Bahn.«

»Wie sie sagt nich mehr Hallo in der Bahn? Unhöflich?«

Ich werfe einen Blick in den wackligen Käfigmülleimer, als interessiere ich mich neuerdings mega für Abfälle.

»Ne«, brummt Tayo.

»Ja, doch, oder? Was sagt man anstatt Hallo?«

»Mh.« Ich spüre, wie Tayos Hirn rattert, höre aber auch seine Maus klicken. »Ja, so was wie Grüß Gott?«

»Grüß Gott, Grüß Gott, wer sagt in FFM Grüß Gott?«

Die automatische Tür öffnet sich. Mir fällt ein, man darf nur mit Einkaufswagen in den Laden. Ich drehe ab, suche mir einen Wagen, stecke eine Münze rein, ziehe am Griff. Eine halbe Salatgurke? Fein säuberlich zerschnitten. Wer schneidet eine Gurke in zwei Hälften und lässt eine davon liegen? »Grüß Gott«, murmle ich, nehme die Gurke und feuere sie in den Mülleimer, der scheppernd meckert. »Grüß Gott. Wer sagt so was?«

»Einer, der an Gott glaubt?«

»Was? Hast's Handy weggelegt!?«

»Einer, der Gott geseh'n hat!?«, schreit Tayo.

»Was?«

»Was?«

»Ja, mich oder was?«

Tayo lacht sein Schnattern. Ich sehe mich nochmal nach den Mädels um. Sie packen ihre Einkäufe in den Corsa. Die eine sieht ganz brauchbar aus, die anderen, ich kneife die Augen hinter der Sonnenbrille zusammen, sind mehr so Statistinnen.

»Ne, weißt, Sumi is voll drauf. Die fährt nich mehr Bahn. Zu viele Leute. Zu großes Risiko.«

Ich hasse Menschen ja auch. Corona ist die Chance, um sie ein für alle Mal zu vermeiden.

»Sie is 21 und kerngesund«, sage ich stattdessen und ignoriere das aufwallende schlechte Gefühl, heute wieder alleine zu bleiben.

»Eigentlich is sie 32 und hat Asthma.«

»Mach mir kein Fuß, Tayo! Ne Ältere?«

»Fuß? Was für'n Fuß?«

»Respekt, Mann!«

Tayo hebt die Stimme. »Ja, hör ma jetzt! Jemand is positiv. Is doch krass. Ich dachte, den Scheiß gibt's gar nich! Berührt einen schon irgendwie.«

»Wie berührt?«

»Ja, berührn, so im Herz und so.«

Die letzte Träne hatte ich 2008 gedrückt, vielleicht auch sechs Jahre früher. Wie auch immer. Anlässlich einer bewegenden Frauentausch-Folge auf RTL II. Eine, blind wie ein Maulwurf, bekam ne neue Brille geschenkt. Sie sah zum ersten Mal ihr graues Haar im Spiegel. Zu viele Gefühle für mich.

»Was für Symptome?«, frage ich stattdessen.

»Weiß nich.« Pause. »Ich leg auf.«

Die Leitung tutet.

»Jo«, sage ich zu mir.

Ich stecke das Handy in die Jogginghose. Meine Adiletten kleben mit jedem Schritt am Boden des Ladens. Es stinkt nach gammeligem Gemüse und matschigen Erdbeeren. Fliegen summen. Der Kassiererin werfe ich ein Was-für-ein-Scheißtag-aber-Höflichkeit-ist-noch-drin-Lächeln zu.

Ich streife an den Regalen des Rewe entlang wie ein Tiger im Zoo. Das Klopapierregal ist leergefegt. Einst für Monster Energy gekommen, würde ich mir jetzt was zum Essen kaufen und mutterseelenallein meinen Hunger stillen. Auf Zivilisation habe ich nach diesem Einkauf keinen Bock mehr, und sei es nur um »Döner mit alles« zu holen. Planlos trete ich an die Metzgertheke. Die massive

Fleischereifachverkäuferin steht bereit, ihre Schultern unter dem weißen Kittel hängen. Sie wankt kaum merklich. Die Augenhöhlen der Frau sind tiefe Abgründe.

»Grüß Go-, äh ...« Tayo der Penner. »Ich nehm drei Wiener Würstchen.«

Die Frau bewegt sich kein Stück, schweigt, blinzelt, schweigt weiter.

»Ähm, hallo?« Die Kälte an der Theke lässt mich schaudern. »Ich nehm drei Würstchen«, wiederhole ich.

»Ach.«

Ich frage mich, ob ihr Mundwinkel hinter der Maske zuckt, ob sie lächelt oder gar ohne Mund geboren wurde. Wieso trägt sie nicht eine dieser durchsichtigen Face Shields?

»Haben Sie keine Wiener?« Ich hatte plötzlich enormen Hunger auf Linseneintopf. Dafür waren Wiener Würstchen unerlässlich.

»Natürlich, haben wir.« Sie deutet in die Auslage.

»Okay. Dann drei.«

Sie bewegt sich kein Stück.

»Bitte«, füge ich hinzu.

Verunsichert sehe ich mich im Markt um. Niemand in der Nähe.

Ich öffne den Mund, um zu fragen, worauf sie wartet, da rührt sie sich. Sie bewegt sich in Zeitlupe. Unendlich langsam. Ungeduldig trete ich von einem Fuß auf den anderen. Sie greift die Zange.

Packt ein Würstchen. Das zweite. Das dritte. Schlägt routiniert die Tüte auf. Fixiert mich einen Moment mit ihren wässrigen Augen. Die Plastiktüte raschelt. Beim Geräusch des Tackers denke ich an Kälber, denen man eine gelbe Marke ans Ohr heftet. Endlich reicht sie mir die Würstchen.

»Schönen Abend noch«, sage ich.

Ihr Blick bohrt sich in mein Innerstes. Sie ist ein schweigender Röntgenroboter. Ich warte einen beklommenen Moment zu lange, dann wende ich mich ab. Auf dem Weg zur Kasse blicke ich zurück. Da steht sie, so finster wie die hinterste Tanne im Wald, und starrt mich an, als hätte ich ihre Tochter vergewaltigt.

Hastig stolpere ich zur Kasse. Zücke die EC-Karte, um kontaktlos zu zahlen.

»Wo ist Ihre Maske?!«, schreit der Kassierer und klopft energisch an die Plexiglasscheibe auf Höhe meines Gesichts. »Ziehen Sie sofort Ihre Maske auf!«

Mein Gesicht wird heiß, als ich hastig in meiner Tasche krame.

Himalaya

Ich schließe die Kellertür ab, stecke den Schlüssel in die Jogginghose und greife den Kasten. Wasserkästen schleppen stellt momentan meine einzige sportliche Tätigkeit dar. Auf der untersten Stufe im Treppenhaus sitzen die Kinder der Nachbarin aus dem dritten Stock.

»Psst, Mama kommt gleich«, flüstert der Kleine weithin hörbar.

»Die Arschtrompete«, murrt die Größere und spuckt ausholend auf die untersten Treppenstufen. Ich verkneife mir ein Lachen. Der Bruder boxt drauflos. Seine Schwester reibt sich den Oberarm. Sie bemerken mich und setzen Unschuldsmienen auf. Beide tragen orangene Matschanzüge, haben müde Augen und fahle graue Haut wie nach dreißig Jahren schwerer körperlicher Arbeit auf dem Bau. Oben fällt die Tür ins Schloss.

Die Mutter dieser Rotzlöffel grüßt nicht. Wir beide versuchen, im Treppenhaus des Nachkriegsmehrfamilienhauses nicht die gleiche Luft zu atmen. Sprich, sie schrubbt mit ihrem Rucksack am Rauputz entlang, ich falle mit dem Wasserkasten fast zurück ins Erdgeschoss. Ich schaffe es, das potenziell verseuchte Treppengeländer nicht mit meinem Körper zu berühren und fühle mich wie eine akrobatische Einbrecherin zwischen Laserabsperrungen.

Masken tragen wir beide nicht. Das Bio-Parfüm der Nachbarin überdeckt den Moder der 50er-Jahre-Holztreppe mitnichten. Der Schäferhund im zweiten Stock schlägt an der Tür an. Unten höre ich sie mit ihren Kindern schimpfen. Ich meine die Worte »Knetmasse« und »Betonmischer« zu vernehmen, bin mir aber nicht ganz sicher.

Mein Freund ist am Zocken. Keuchend stelle ich den Wasserkasten vor die Couch.
»Willst du dich nicht auch mal bewegen?«, sage ich.
Er murrt, er wolle keine Beschwerden hören, immerhin sei es mein Wunsch, wieder Sport zu treiben.
»Danke.« Ich reibe mir dir Stirn. »Hast du dich auf dein Bewerbungsgespräch vorbereitet?«
Er nickt, sieht dabei nicht zu mir auf.
»Das letzte ist schon nicht so gelaufen.«
Seine Erklärung ist simpel. Der Projektleiter und er hätten unterschiedliche Interessen gehabt. Es bestehe jedoch eine stochastische Chance, dass, falls der Favorit abspringt, er dennoch eingestellt werde. Zehn Vorstellungsgespräche, einmal klappe es per Zufall. Dem kann ich nichts entgegensetzen. Auf dem Fernseher fliegen Körperteile umher. Das Maschinengewehr rattert.
Ich lasse den Wasserkasten mitten im Wohnzimmer stehen. Im Schlafzimmer wartet Wäsche. Die

Handtücher liegen seit drei Tagen im Korb. Sie riechen nach wie vor blumig. Ich lege vier Badetücher zusammen, garniere sie mit einem Waschlappen, werfe einen Blick aus dem Holzfenster. Draußen am Himmel graue Suppe. Der Februar ist zwei Tage alt. Die Sonne blinzelte in den letzten Wochen kaum durch die Wolken. Ich kippe das Fenster. Operngesang. Die Nachbarin steht auf dem Balkon wie jeden Nachmittag. Der Schäferhund aus dem Zweiten macht ein Duett draus. Das Geträller verebbt. Jemand klatscht.

»Hast du Hunger?«, frage ich meinen Freund kurz darauf im Wohnzimmer.

Eine Granate detoniert, Blut spritzt an den Fernseher. Was wir zu Essen hätten, möchte er wissen und drückt auf dem Controller herum, ohne zu mir aufzusehen.

»Warst du heute mit mir einkaufen, oder nicht?«

Er brummt.

Einmal pro Woche fahren wir zusammen in den Supermarkt. Geteilte Arbeit, geteiltes Risiko. Obwohl bei der ganzen Händedesinfiziererei und Maskerade das Einkaufen wohl risikoärmer ist, als Spazier- und Wanderwege mit schulklassengroßen Wandergruppen zu teilen. Den Mindestabstand halten diese ohnehin nicht ein. Man wird genötigt, sich zwischen Wanderern hindurchzuschlängeln, welche sich inmitten des Weges zu unterhalten pflegen, als seien sie bereits mit der Erde verwurzelt. Und aus irgendeinem Grund läuft man ständig im Fahrtwind hustender Fahrradfahrer.

»Ich koche irgendwas«, lautet meine Antwort und ich verschwinde in der Küche.

Der Vorratsschrank quillt vor Essensvorräten und medizinischen Einwegmasken über. Ich greife eine Dose Mais. Der Eisbergsalat liegt unten im Kühlschrank. Zu Beginn der Pandemie habe ich alle Verpackungen desinfiziert, die Plastikverpackung des Salats mit eingeschlossen. Inzwischen weiß ich, dass die Viren in der Umwelt eine geringe Stabilität aufweisen.

Das Coronavirus veränderte unser aller Alltag, bis hin zu Persönlichkeiten. Früher arbeitete ich nicht ausschließlich im Home Office, sondern in einem lebendigen Großraumbüro. Unter Kollegen riefen wir uns quer durch den Büroraum Scherze zu. Wir aßen Fingerfood aus derselben Schüssel und umarmten uns an Geburtstagen. Am Feierabend besuchte ich viermal die Woche Sportkurse und saunierte freitags. Regelmäßig aß ich mit Freunden im Restaurant oder wir kochten gemeinsam. Mit den Mädels zusammen sah ich mir Filme im Kino an, schlenderte mit meiner Mutter über Künstlermärkte und bummelte durch die Altstadt. An den Feiertagen trafen wir unsere Familien. Ständig war ich von Menschen umgeben. Angst zu erkranken hatte ich nie. Vielmehr brauchte das Leben im eigenen Mikrokosmos keine Nachrichten von der Außenwelt. Wirtschaftskrisen, Terroranschläge, all dies betraf andere, nicht mich. Heute wasche und schneide ich den Salat allein. Mein Freund hat sich in die fiktive Welt des Gamings zurückgezogen. Erzwungene Einsamkeit ist wie ein Erfrieren von innen heraus. Als überzöge sich die Lunge mit Eis und das Gewicht zieht einen nach unten.

Bisher ist keiner, den wir kennen, am Coronavirus erkrankt. Die Todeszahlen steigen.

Ich bereite ein Kartoffelgratin vor. Kindergeschrei lässt mich innehalten. Die Nachbarskinder stürmen das Treppenhaus. Sie schlagen an das Treppengeländer, lachen, kreischen. Der Schäferhund bellt. Das geschlagene Geländer hallt nach, auch die Erde schwingt seit dem Lockdown weniger. Wir Menschen brachten den Boden zum Beben, durch Partys, Marathonläufe, Berufsverkehr.

Mein Freund und ich essen am Couchtisch. Der Controller liegt in seinem Schoß. Kauend frage ich ihn, was er vermisst. Er spricht in den Fernseher. Das laufende Programm nehme ich nicht wahr.

»Was fehlt dir am meisten?«, wiederhole ich. »Ein Job oder das Leben mit Freizeitaktivitäten deiner Wahl?«

Er entscheidet sich für Zweiteres.

»Was würdest du tun, wenn keine Ansteckungsgefahr mehr bestünde?«

Mit den Kumpels ein Bier trinken.

»Wann habt ihr denn das letzte Mal zusammen angestoßen?«, hake ich nach.

Er wisse es nicht. Es läge Jahre zurück. Zeit für Treffen hätte er kaum gehabt. Studium und Arbeit, Arbeit und Überstunden. Jetzt, da es nicht mehr erlaubt sei, fehle, was ihm zuvor nicht aufgefallen sei.

»Lass zusammen Sport machen«, schlage ich vor. »Das hebt die Stimmung und am Abend trinken wir ein Bierchen.«

Er schüttelt den Kopf. Murmelt etwas von Spazieren sei für alte Leute – warum, verstehe ich über den Fernsehlärm nicht – und auf Kniebeugen in der Wohnung habe er keine Lust. *Corona hat ihn eindeutig in eine verfrühte Midlife Crisis versetzt*, denke ich.

Am Abend versperre ich ihm die Sicht auf den Fernseher. Ich trage Wanderschuhe, stemme die Hände in die Hüften und sehe meinen Freund herausfordernd an. Er taxiert die beigefarbenen Wandersocken. Ob das ein neuer Fetisch sei? Naserümpfend lehnt er sich nach links, um freie Sicht auf sein Spiel zu haben. Ich laufe hin und her. Er beugt sich nach links und rechts. Was das solle. Draußen herrsche doch Zombieapokalypse! Überhaupt, Ansteckungsgefahr! Deshalb hätten die Bullen doch den halben Taunus abgesperrt.

»Du unterscheidest dich jetzt schon wenig von einem Zombie.« Ich reiße ihm den Controller aus der Hand.

Mit dem Zocken vergehe die Zeit und er müsse nicht nachdenken.

Ich warte mit meinem Vorschlag auf: »Wir laufen hier drin.«

Er starrt mich an. Ob mir etwas fehle? Ich greife die Fernbedienung, stelle ihm einen Tritthocker vor die Füße.

»Wir wandern.«

Er bricht in Gelächter aus.

Ich wähle eine Doku aus der Mediathek aus. »Heute Himalaya.«

Er lacht lauter.

»Einer steigt auf dem Tritthocker Treppchen –«

Er hält sich den Bauch.

»– der andere wandert über die Couchkissen«, erkläre ich und ziehe ihm die Kissen hinterm Rücken weg.

Er protestiert. Sowieso habe er Hunger. Schließlich stehe ich mit meinem Vorschlag alleine da.

Am Abend klagt er über Rückenschmerzen.

»Bewegung hätte dir gutgetan«, werfe ich ihm an den Kopf, packe die Mülltüte und schleudere die Wohnungstür hinter mir zu. Auf der Treppe treffe ich eine Nachbarin. Die alte Frau Lotte. Wir reden über das Wetter, das Alleinsein und wieder über das Wetter. Zum Schluss sagt sie, sie stricke *en masse*. Sie habe drei Pullover und fünf Schals fertiggestellt. Ob ich Wolle zuhause hätte. Nein. Ob ich Guerilla-Stricken kenne. Ich verneine erneut. Dabei umstricken Menschen Bäume, Straßenschilder oder dergleichen. Ob mich ein buntwollenes Treppengeländer nicht begeistern könne? Ich zucke die Achseln, murmele »sicher«, mache Anstalten zu gehen. Plötzlich rumort es über uns im dritten Stock. Hämmern steigt an, abgelöst von markerschütterndem Bohren. Hörbar schwere Schuttmasse scheint man daraufhin abzugießen, welche, gefolgt von Lachen und dem Anwerfen dröhnenden Geräts, dumpf aufschlägt und erneut ausgeschüttet wird – Lärm wie vom Bau, vermischt mit Kinderrufen. Frau Lotte hält sich die Ohren zu. Ich stelle mir vor, dass die Kinder eine LKW-Ladung Spielzeug auf den Kinderzimmerboden schütten und eine Rüttelplatte darüber schieben, um die Bauklötze und Superhelden am Kinderzimmerteppich zu verdichten. Ich schüttele den Kopf, um diese Gedanken zu vertreiben. Unsinn.

Zurück in der Wohnung kommt mir mein Freund entgegen. Er trägt Wandersocken, guckt auf den Boden, zu mir, auf den Tisch, sagt, Schuhe seien ja hinderlich auf den Couchkissen, greift zur Fernbedienung. Er habe nachgedacht. Sport sei nötig, die Idee einer Home-Wanderung potenziell spaßig.

»Warum der Sinneswandel?«, möchte ich fragen, verkneife es mir jedoch.

Stattdessen werfe ich die Hausschuhe in die Ecke. Er schmeißt die Glotze an und wir wandern auf Socken über den Himalaya. Das Eis auf dem Flachbildschirm ist endlos. Fels ragt aus dem Weiß. Der Schneesturm heult uns in Dolby Surround um die Ohren. Die lebensfeindliche Umgebung ist dekorativ-gemütlich. Ich überquere die Couchkissen. Er erklimmt das Tritthöckerchen. Wechsel, von vorn. Schweiß rinnt uns über die Körper. Unterwegs kippe ich das Fenster. Die Winterluft des Rhein-Main-Gebiets flutet die Weiten der Gebirge. Mein Freund erweitert die Route auf Stühle und Esstisch. Um den neuen Höhenmetern zu entsprechen, zücke ich zwei FFP2-Masken. Erhöhter Atemwiderstand.

Er greift nach meiner Hand. Ich umklammere die seine. Der Aufstieg dauert fünfzig Minuten, bis zum Abspann der Doku. Unsere Herzen hämmern, aufgeregt wie lange nicht. Playtaste, der gleiche Vorspann, Abstieg. Mit jedem Atemzug nehmen wir die Freiheit des asiatischen Hochgebirges in uns auf. In der Nacht kuscheln wir uns aneinander. Ich spüre die Wärme seiner Haut. Sein entspanntes Atmen klingt wie Meeresrauschen. Wann waren wir uns zuletzt so nahe?

Gegen Mittag des darauffolgenden Tages erwache ich. Der Muskelkater hat die Erinnerungen an die gestrige Wanderung im Gepäck. Lächelnd strecke ich meinen Körper.

Das Wohn- und Esszimmer weist Rückstände des Hochgebirges auf. Couchkissen liegen verstreut auf dem Boden. Die Stühle stehen eine Beinlänge weit vom Esstisch entfernt. Es riecht undefinierbar nach gekochtem Essen. Augenblicklich knurrt mir der Magen. Auf dem Weg zur Küche entdecke ich das rote Zelt hinter der Couch. Mein Freund sitzt vor einem Campingkocher, das Kinn dicht über eine Dose Ravioli gebeugt, mit welcher er mir sogleich zuprostet.

»Heute muss ich wohl nicht kochen«, sage ich und setze mich zu ihm.

Beim Essen erzählt er mir von Menschen, die sich nach einem Flugzeugabsturz in den Anden vom Fleisch ihrer Freunde ernährten. Erstmals seit Wochen denke ich nicht an die fünftausend Corona-Toten in Hessen. Er holt eine Schüssel Wasser aus der Küche und wäscht das Campinggeschirr. Anschließend breitet er einen Reiseführer auf dem Parkett aus. Start sei Katmandu, Ende ebenfalls. Zwei Wochen Wanderung entlang glitzernder Gletscher, übernachtet werde im Zelt. Den Manaslu sähen wir von allen Seiten, erklärt er. Er rate von Wanderschuhen ab. Der Boden habe teils weiche Beschaffenheit.

Unsere Route umfasst die gesamte Wohnung. Start ist die Couch. Wir folgen dem Weg zum Couchtisch, bezwingen die Esszimmerstühle der Reihe nach, passieren mit Bedacht die Schlucht zur Tischplatte, springen auf die nachgerückte Récamiere und bewandern die Couchkissen auf dem Boden bis hin zum Flur. Im Bad wartet das Tritthöckerchen – mit dem rechten Fuß drauf, Hüft- und Kniegelenk strecken, auf die Zehenspitzen, fünfzehn Wiederholungen. Hinein in die Badewanne, hinsetzen, aufstehen, in die Dusche, mit gestrecktem Arm die Zimmerdecke berühren, gegebenenfalls an der Wasserhahnquelle trinken. Wir kriechen durch die Felskluft unter dem Bettberg und klettern auf der anderen Seite bergauf. Auf einige Sprünge folgen die Überquerung des Bettstatt-Sessel-Passes und die abschließende Umrundung des Bettgebirges. Zurück auf dem weiten Flur mit seinen Landschaftsfotografien gelangen wir in den Abstellraum, um zehn Kniebeugen zu absolvieren und bisweilen Proviant von den Regalen zu pflücken. Der Wohnzimmerpfad schlängelt sich durch Zimmerpflanzenwälder hin zu Balkoniens reichen Ausblicken bis zum Wandschrankbergmassiv mit seinen wechselnden Himalaya-Eindrücken. Erfrischungen, geschöpft aus dem vom Eis überströmten Kühlschrankgebirgskamm, gibt es in der Küche.

Die Umgebung verschwimmt mit voranschreitender Zeit vor meinen Augen. Ich folge stoisch dem blauen T-Shirt-Rücken vor mir. Meditativ versinke ich in Gedankenlosigkeit. Alles Wahrnehmbare weht ineinander, wie der Wind das alte Herbstlaub auf der Straße. Die weiße Lackbeschichtung des Schrankmassivs und der Schnee. Das felsgraue Bettzeug und das Windsäuseln der Soundbox. Der Buchs auf dem Balkon, die knorrigen Bäume am Straßenrand und die Walnussholzstühle. Das Rauschen des Bergbaches im Bad und das Keramikweiß. Die Farbfotos und Acrylgemälde an den Wänden. Der Baulärm und das Kinderlachen. Die Möbel und Dekofiguren. Bunte Suppe, Schlieren, Eintönigkeit. Am Abend kuscheln wir uns in die Schlafsäcke am unnachgiebigen Boden, nachdem wir Gulasch aus der Dose gegessen haben. Ein Haufen Kerzen flackert vor dem Zelt. Die Schatten des Wandschrankbergmassivs wabern geheimnisumwoben. Ein müdes Lächeln spielt um den Mundwinkel meines Freundes. Vor dem Fenster braust nächtlicher Straßenlärm. Wir kuscheln uns zufrieden aneinander.

Am Morgen friere ich. Aufgrund des angestiegenen Baulärms vibriert das Haus. Die Pullover ziehen wir den ganzen Tag nicht aus. Wir essen unseren Proviant und schließen vor dem Zubettgehen den Reißverschluss des Zeltes in der Hoffnung, die klirrende Kälte auszusperren. In dieser Nacht höre ich den Verkehr der Stadt nicht. Das Anbrechen des Tages markiert unaufhörliches Hämmern und Krachen. Wir benötigen Jacken.

Der Tag vergeht ereignislos, strikt folgen wir unserer geplanten Route, begleitet von monotonem Bohren im Haus. Wir essen und schlafen in Stille, bis der folgende Tag graut. Die sinkende Temperatur zwingt uns, Fleecepullover und Winterjacken zu tragen. Der schüchtern gewordene Baulärm mischt sich ins Plätschern der Bergquelle und gerät in Vergessenheit. Ohne Vorkommnisse zieht der Tag dahin. Am nächsten Morgen weckt mich die Stille. Beim Öffnen des Zeltes fällt mir Schnee entgegen. Die Landschaft hüllt sich in Schweigen. Wir ziehen Skihosen und Wanderschuhe an. Obwohl die lockere Schneedecke den Weg erschwert, genießen wir die Reise. Die Tage vergehen. Eines morgens jucken mir die Zehen. Ich streife die Socken ab. Die Haut an den Zehen ist blaurot verfärbt. An diesem Tag erscheint mir der Abgrund zwischen Tisch und Boden weiter. Ich drohe zu fallen. Mein Partner stützt mich. Der Tag vergeht, der nächste kommt. Die Bergluft ist dünn. Meine Schläfen pochen schmerzhaft. Der Tag vergeht, der nächste kommt. Das Schneetreiben ist dichter. Ein Hammer sinkt auf meine Brust. Wann musste ich zuletzt Wasser lassen? Gestern? Der Tag vergeht, der nächste kommt. Wir legen stetig mehr Pausen ein, weil unsere Füße schmerzen. Balkoniens Gewächse sind im Schnee versunken. Die Tage vergehen, meine Zehen verdunkeln sich bei jedem Sonnenuntergang. Ich spüre sie beim Laufen nicht mehr. Das Wohnzimmer versteckt sich unter feindlicher, weißer Kälte. Die Spitze des Manaslu leuchtet golden. Mein Partner wendet sich oft zu mir um, lächelt aufmunternd und zuversichtlich. Eiskristalle glitzern in seinem Bart. Er zieht mich an den Händen vorwärts. Das Atmen fällt leichter, schwerer, leichter. Wir essen Dosenfraß. Morgens, mittags, abends. Die Sonne versinkt an der Wand über dem schwarzgerahmten Gebirge. Wir entzünden Feuer. In der Nacht wälze ich mich umher. Trockener Husten. Er wacht auf, reibt mir die Arme. Wärme spüre ich nicht. Die Tage vergehen, die nächsten kommen. Ich bemerke teigige Schwellungen an den Fußsohlen und Zehen. Meine Lippen sind blau wie der Abgrund zwischen Stuhl und Couch, aus dem gehörnte Schafe blöken. Mein Freund reibt sich die Schwielen. Seine Wandersocken sind löchrig. Er streift sie über wie jeden Tag. Er verbindet mich mit Mullbinden. Er lächelt, sagt:

»Das schaffen wir.«

Seine Stimme klingt wie die Hoffnung einer dem Untergang geweihten Menschheit.

Abstieg. Wie viele Tage vergangen sind, wissen wir nicht mehr. Der Schneesturm raubt uns die Sicht. Wir binden unsere Körper mit Bademantelgürteln aneinander, um uns nicht aus den Augen zu verlieren, um nicht verloren und einsam in die tückisch klaffende Tiefe zu stürzen, die bei jedem Schritt unsichtbar in der weißen Eintönigkeit lauert. Ohne ihn setze ich meine absterbenden Füße nicht vorwärts. Er setzt einen Schritt, ich ebenfalls. Wir sind eine Zwei-Mensch-Überlebensmaschine.

Jäh erkennen wir Umrisse zwischen segelnden Flocken und windigem Weiß. Eine Gerade bildet sich sichtbar heraus, eine weitere, mehrere Geraden und Winkel, menschgemachte rechte Winkel. Ich erinnere mich an die Existenz meiner Finger. Wir finden Halt am Treppengeländer. Taub klammern wir uns daran. Wir müssen weiter, weiter, nicht aufgeben. Ist es seine oder meine Stimme? Ich werde gezogen. Die gleißende Sonne brennt mir in den Augen. Sie strahlt von unten, bricht am metallenen Geländer, wird reflektiert von den daran hängenden Eiszapfen. Ich rieche nichts außer Kälte. Die Helligkeit wird mich blenden. Ich spüre, wie es feuchtwarm über meine Wangen rinnt. Er lacht, mein Freund. Mein Partner. Ich ziehe am Bademantelgürtel, finde seine Hand. Ich erkenne Farben, bunte Wollmaschen, die sich am Geländer emporranken, zum Beginn der Reise und hinab, zu ihrem Ende. Menschen lachen aus vollem Herzen. Ich sehe Flächen aus Grün. Recke den Hals. Blau. Im Blau kreisen Vögel. Frühlingshimmel, Gras, Ahornbäume. Ich fühle mich wie frisch verliebt. Das Volk wirft die Hände in die Lüfte. Schatten segeln auf die Erde. Masken. Stoffmasken, medizinische Masken brechen aus dem Himmelszelt. Vögelchen, die zur Landung ansetzen. Buntflatternde Schmetterlinge. Es riecht nach Gebäck, Würstchen und Sekt. Ich werde von unzähligen Umarmungen umschlungen. Vertraute und unbekannte Gesichter strahlen mir entgegen. Ich spüre die Hitze auf meinen Wangen, in die sie liebevoll kneifen. Das Haar, das sie mir zerstrubbeln, bauscht der Frühlingswind auf. Ihr freudiges Gelächter klingt für mich nach einem Liebeslied. Ich klinge wie ein Lied der Liebe. Sie nähern sich mir, bis ihre Nasenspitzen mein Gesicht berühren. Er zieht mich an sich.

»Es ist vorbei«, sagt er.

Zehn Prozent mehr Felsen – zwischen Büro und Traum (in 3 Akten)

1. Akt

Annette lehnt sich über Haralds Schreibtisch.

»Sie hat es geschafft, nach zwei Jahren immer noch die Neue zu sein«, sagt sie und bohrt die Rückseite ihres Kugelschreibers in die Hemdtasche des Beamten.

Er verdreht die Augen.

»Man muss eben nicht nur den Job machen«, fährt Annette fort, »sondern sich sozial ... man muss sich einfügen. Die schwebt durchs Haus wie ein Geist! Man hört manchmal kaum ihr ›Guten Morgen‹.«

»Na, dafür hört man dich.«

Annette wirft einen Blick zur geöffneten Bürotür.

»Sie isst immer alleine,« fährt die Angestellte mit einem gescheiterten Flüstern fort. »Die Neue hat beim Dienstausflug mit keinem geredet.«

»Ach, Quatsch. Das glaube ich nicht. Zu denen im dritten Stock hat sie doch auch ein gutes Verhältnis.«

»Ich weiß, sie hilft bei Problemen, wenn ...«

»Na, manch einem kann sie bestimmt helfen«, unterbricht Harald und lacht.

»Harald.« Annette atmet erstickt ein. »Du findest die doch nicht gut!?«

Sie richtet sich auf.

»Annette, Vera hat schon so 'nen Hals. Du solltest dich zurückhalten und die Neue beschützen. Das wäre nobel. Vera kann sie nicht einschätzen. Du weißt, das ist Gift. Das Klappergestell hat seinen Führungsstil«, er macht ein missbilligendes Geräusch. »Jo. Weißt du, wie Vera Leiterin wurde? Sie ist ständig mit Bollo gesehen worden, wurde von heute auf morgen hierher versetzt und ist plötzlich ...«

Annette seufzt, verschränkt die Arme. Harald schüttelt den Kopf, macht eine obszöne Geste und lehnt sich im Drehstuhl zurück. Er sieht seine Kollegin herausfordernd an: »Du lachst doch auch immer so schön über Veras billige Witze.«

»Pff.«

»Die Neue nicht. Du weißt, Vera braucht ihren Fanclub.«

»Weil sie keine Ahnung hat, was sie tut.« Annette gelingt es nun doch, ihre schrille Stimme zum Flüstern zu bringen. »Sie wusste nicht mal, wie wir die Abrechnung ...«

Harald winkt ab. Lacht.

»Vera muss die Leute anders an sich binden. Wenn es nicht freundschaftlich klappt, dann bestimmt mit etwas Druck, pünktlich zur nächsten Beurteilung. Sie spickt eine unmögliche Aufgabe mit etwas öffentlichem Gestichel. Versagt derjenige, und das ist zwangsläufig der Fall, folgt eine kleine

Gefälligkeit ihrerseits. Ein Drüberwegsehen über einen ungünstigen Vorfall. Oder sie koppelt eine bessere Beurteilung an einen karrierelangen Zwang zur Gegenleistung und bei Glück lästert sie leiser über einen, sobald man das Büro verlässt. Das garantiert ihr Unterwürfigkeit, und unterwürfig ist hier sowieso jeder.« Harald zieht die Brauen hoch. »Ich sag dir, die Neue fällt bald. Die wird abgesägt. Sie versteht nicht, wie's hier läuft.«

»Und du denkst, das hat sie nicht verdient?« Annette wirkt beleidigt.

»Mach einmal das Richtige und reiß dich zusammen, Annette.«

»Was geht es mich an!?«

»Die Neue ist zuverlässig, sie lernt schnell. Außerdem ist sie lieb. Es gibt schon genug Arschlöcher hier.«

»Hast du dich jemals mit ihr unterhalten?«

Annette fährt sich mit der Hand durch das geföhnte Haar, presst die Lippen aufeinander.

»Sie hat einen Bachelor in Physik.«

»Ha. Was will sie dann hier? Nein, nein. Wir reden nur das Nötigste. Von der kommt ja nix.«

»Vielleicht«, Harald zieht die Brauen hoch, »bist du nicht interessant für sie.«

Sie schnaubt.

»Annette, hilf ihr einfach.« Harald seufzt. »Ich frage mich, was dahinter steckt. Warum studiert sie nicht weiter, geht in die Wissenschaft?«

»Wenn man nicht gesellschaftsfähig ist …«

»Ha! Wenn ich mir diesen Sauhaufen hier anschaue, ist das kein großer Makel. Und wer sucht sich ein kaputtes System voller Maulhelden aus, wenn er so etwas nicht aushält?«

»Ich weiß es nicht. Muss hoch. Das Telefon ist unbesetzt.«

Annettes Absätze prasseln den Flur hinab.

»Sie hat Angst«, sage ich und komme hinter der Tür hervor.

»Die Neue ist cleverer als sie.« Harald reibt sich den Bart, schüttelt den Kopf. Nach einer Weile fragt er: »Warum hast du dich da versteckt?«

»Die klebt an mir.«

»Annette?«

»Die Klette. Ich hab ihr einmal geholfen …«

»Kennst du die Neue?«

Ich schüttele den Kopf. »Nicht wirklich.«

Harald wendet sich wieder den Akten zu. »Du hast das Datum vergessen.« Er schlägt ein paar Seiten um. Das Formular verknickt. »Und da den falschen Stempel verwendet.«

Er wirft mir die Mappe hin. Ich staple das herausgerutschte Ökopapier.

»Danke.«

»Jo.«

2. Akt

Miese Gedanken sind der Isolierstoff zwischen mir und meiner Umwelt. Ich höre den Zuruf des Kollegen nicht: »Mahlzeit.« Die Flure dieses Gebäudes nehme ich nicht wahr. Sie erinnern an die kranken Eingeweide eines halbtoten Tieres. Ein Vergleich, der mir beim ersten Arbeitstag vor sieben Jahren sofort einfiel. Ich denke an die Einkaufsliste, die mir meine Ehefrau am Morgen anstelle eines Kusses mit auf den Weg gab. Windeln, Wasserkästen, Hackfleisch. Drogerie, Getränkemarkt, Metzger. Drei verschiedene Läden am verdienten Feierabend. Seit zwei Wochen hat der Wagen einen Steinschlag. Der Ölwechsel steht ebenfalls an. Vielleicht schaffe ich es morgen in der Mittagspause zur Werkstatt. Am Samstag hat die Patentante der Kleinen Geburtstag. Davor repariere ich den tropfenden Wasserhahn in der Waschküche. Was meine Frau für den sonntäglichen Familienausflug geplant hat? Ich erinnere mich an letztes Wochenende. »Wohin möchtest du?« – »Zum Felsenmeer.« – »Schon wieder?« – »Fasziniert es dich nicht? Ein Meer aus Fels. Du kletterst über die Wellen.« Und ich trage wie immer das Kind.

Den Bericht vom Bäckerei-Fall habe ich halbherzig hingerotzt. Den falschen Stempel auf die Abverfügung gedrückt. Gott. Und was haben die alle mit der Neuen? Ich versuche mich an ihr Gesicht zu erinnern. Sie polarisiert. Ist es beabsichtigt? Wohl kaum. Ob ich sie kenne? Wen kenne ich hier? Aufoktroyierte Selbstöffnung, aber bitte im gewünschten Rahmen. Sie entscheiden, welche Teile deines Lebens von Belang sind, um dir den richtigen Stempel aufzudrücken. Eine Uniform hat kein wahres Gesicht.

Ich bin ausgebrannt. Meine Ideale habe ich beim letzten Dienstausflug in den Abfluss gekotzt. Auf Nimmerwiedersehen! Sex fehlt mir, seit das Kind auf der Welt ist. Ein Dopamin-Schub, bitte. Endlich wieder lebendig fühlen. Ein uniformiertes Lächeln reicht. Ich schüttle den Kopf. Bringt Probleme.

Hätte ich vor Vera den Rand gehalten. Rückgratlosigkeit steht ihr, mir nicht. Ein fehlendes Rückgrat ist friedlicher. Frieden habe ich für meinen Dickkopf geopfert. Hierarchien zerstören Leben. Auf der untersten Stufe stehst du mit beiden Füßen in der Depression. In der Mitte bist du eingequetscht. Sich mit den Ellenbogen rauszuschrauben, schaffen die wenigsten. Oben scheint bekanntlich die Sonne. Häufige Stellenwechsel sind nicht gerne gesehen. Glücklich sind die Ameisen, die geistig Armen, die ...

Die Neue ist im Aktenraum. Die Gerüche des tristen Flures dringen in mein Bewusstsein: Vinylboden, Fertiggerichte, Kaffee, Parfüm, Staub, Papier, Reinigungsmittel. Die Neue hat mich nicht bemerkt. Hektisch sortiert sie Dokumente in die vollgestopften Ordner. Es ist offensichtlich, dass sie sich nicht darauf konzentriert. Was für ein Scheißjob. Ihre Mimik zeigt eine Palette von Nuarcen. Sie sieht mich nicht an, bemerkt mich nicht, den Riesen, den Vorlauten. Ich verharre, beruhige durch gezielte Atmung meinen Herzschlag, observiere. Eine graue Strähne fällt ihr ins Gesicht. Sie ist erst dreißig. Ich zehn Jahre älter. Physik? Ob man dadurch das Leben besser versteht? Ich finde keinen Halt in ihrer Betrachtung. Womit beschäftigt sie sich gerne? Wie lebt sie? Was hat sie gesehen? Die vorstehende zartrosa Oberlippe presst sie auf die schmalere Unterlippe. Ein kindlicher Ausdruck. Ihre Züge bilden einen weichen Gegensatz zu ihrem grauen Haar. Ich spüre den Impuls, ihr über die Wange zu streicheln. Gerne hätte ich ihr zu einem Friseurbesuch geraten. Die Lider hält sie gesenkt. Die Stirn liegt in Konzentrationsfalten. Mit den Fallnummern hat dies nichts zu tun. Andere Gedanken lassen ihr keine Ruhe. Das Sortieren der Zahlen ist für sie Nebensächlichkeit. Ihre Schultern hängen locker, spricht für Entspannung. Ihre Hüfte ist breit, die Beine kurz. Sie wirkt zerbrechlich und standhaft zugleich. Diese Frau ist ein sich ständig veränderndes Bild. Ich betrachte die Umgebung. Die Konturen der Möbel sind greifbarer als sie. Sie stellt einen Ordner zurück ins Regal, zieht zielsicher den nächsten hervor. Ihre Bewegungen sind so hart, dass man meinen könnte, sie reibe sich an ihrer Umwelt. Ihre Anwesenheit verändert, Räumlichkeiten und Menschen. Es ist mir schon früher aufgefallen. Oft übersehen, schweigsam, hebt ihre eigene Ungreifbarkeit eine Art Filter über dem Raum auf, wodurch sie die charakteristischen Merkmale der Dinge und ihrer Mitmenschen in den Vordergrund rückt. Diese Reibung an ihrer Umwelt und den sich darin befindenden Personen mit ihren gravierenden wie nichtigen Problemen scheint sie reichlich Kraft zu kosten. Möglicherweise spricht sie daher selten Privates. Ich möchte sie umhüllen wie eine Kuscheldecke und diese Reibung, ihren gestörten Kontakt zur Außenwelt abdämpfen.

»Und sie sieht mich nicht einmal«, denke ich, da schaut sie auf.

Ihre Pupillen fokussieren mein Gesicht. Ertappt. Sie schweigt. Ich provoziere sie mit einem stumpfsinnigen Spruch. Sofort bereue ich es. Es kommt nichts zurück. Nun meidet sie meinen Blick. Die Illusion zerfällt. Sie ist langweilig.

3. Akt

Gegen 22 Uhr lege ich mich ins Bett. Alles erledigt. Der Schlaf ist wie das Innere eines Staubsaugerbeutels. Finster. Wollweich, bis ein Überbleibsel der Vergangenheit pikst. Ab und an bildet das Gehirn Bilder aus dem Unrat, ähnlich dem Teeblätterlesen. An allem saugt der Alltag. Die Neue taucht auf.

»Dein Traum besteht aus Gummi«, sagt sie.

Sie zwickt prüfend in die rosafarbene Wand, die nichts mehr mit einem Staubsaugerbeutelinhalt gemeinsam hat. Es ist das erste Mal, dass ich von ihr träume. Sie ist mir fremd. Nicht einmal die drei bis fünf obligatorischen Fragen stellten wir uns, die ohne wahres Interesse am Gegenüber den Arbeitsalltag erleichtern.

»Wie lange brauchst du auf die Arbeit?«

»Stehst du auch immer im Stau am Mönchhof-Dreieck?«

»Du hast ein paar Jahre für Firma XY gearbeitet?«

»Wo hast du deine Ausbildung gemacht?«

»Trinkst du lieber Tee oder Kaffee?«

Meine Frau und ich haben uns zu Beginn unserer Beziehung gegenseitig interviewt. Ich erinnere mich an den Beziehungsratgeber, den ich während der damaligen Datingphase las. Wir saßen im Restaurant, im Park auf einer Wiese, wir spielten Tischtennis und stellten uns die 34 Kennenlernfragen, die sofort, so das Versprechen, Intimität erzeugen sollen. Es wirkte. Durch die aufrichtige Beantwortung der Fragen, durch aufmerksames Zuhören, Verständnis und Beichten verschmolzen wir zu einem Paar. Wir vergaßen unsere Einsamkeit. Das Vertrauen wuchs. Im darauffolgenden Zusammenleben gewöhnte ich mich an ihr sanguinisches Temperament, sie sich umgekehrt an meine Launen. Das Feuer in ihren Augen wich bei der Geburt unserer Tochter dem liebevollen Blick einer Mutter. Ich leiste Fürsorge ohne zu Murren und halte meine Stimmungen im Zaum. Nach wie vor sind wir ein eingespieltes Team. Angeblich ist alles eine Gewohnheitssache, selbst wenn sich die Umstände ändern.

»Wie bist du aufgewachsen?«

»Was sind deine Zukunftspläne?«

»Wovor hast du am meisten Angst?«

…

All diese Gedanken und Erinnerungen wabern in diesem Klartraum umher. Da fällt mir ein, dass die Neue Teil desselben ist. Wieso besucht sie mich im Schlaf und zwickt in die Wände meines Traumes? Genau genommen zwickt sie mich, was mir in Anbetracht unseres Verhältnisses übergriffig erscheint. Kennenlernfragen sind irrelevant. Umso drängender quält mich die Frage: Was will sie hier?

Ich beobachte sie. Ihre Gesichtszüge sind entspannt. Sie gleitet, beinahe tänzelnd, doch anmutig, von der Wand zu einem Baumstumpf wie durch Wasser. Dabei weht ihr graues Haar, auf das sich ein rosafarbener Schimmer gelegt hat, in einer unsichtbaren Strömung. Sie fügt sich in die Traumlandschaft ein, ist die Natürlichkeit in Person. Hier reibt sie sich nicht an ihrer Umwelt. Hier scheint sie keine Last auf ihren Schultern zu tragen. Ist es ihr wahres Ich?

Ein Goldfisch flattert an ihrem rechten Ohr vorbei. Sie schlägt mit der Hand wie nach einer Fliege. Hinter ihr glimmt eine Lampe in den Farben des Sonnenunterganges.

»Deine Träume«, wiederholt sie und sieht mich direkt an, »bestehen also aus Gummi.«

Ihr Blick ist klar. Sie reckt das Kinn zum Goldfisch über ihrem Kopf, den inzwischen eine Wasserblase umhüllt. Das Weiß unter ihren Pupillen erinnert an ausgelassene Farbe auf einer Leinwand.

»Das könnte sich in eine gigantische Rutschbahn verwandeln«, stellt sie fest.

Schwer zu sagen, wie viel Zeit vergangen ist. Die wabernde Wasserblase über ihrem Kopf zerstäubt in Myriaden Wasserkugeln. Wir rutschen nicht darauf aus.

Plötzlich höre ich einen Mann schimpfen: »Dieses Felsenmeer braucht zehn Prozent mehr Felsen.«

Ich wende mich um. Vor mir erstreckt sich die Felsenlandschaft aus dunkelgrauem Quarzdiorit. Der Mann versucht, einen breiten Spalt zwischen dem Gestein zu überwinden. Unser Familienausflug am vergangenen Sonntag. Auf einem hohen Fels vor mir balanciert meine Frau. Das Baby auf meinem Rücken lacht. Ich lasse den winzigen Fuß los, der aus dem Tragerucksack baumelt. Wer sagt so etwas?

»Zehn Prozent mehr Felsen.«

Scheinbar sehnt sich dieser Mann nach mehr Action in seinem Leben, als Familienaktivitäten am Wochenende ihm bieten.

Ich wende mich wieder zu der Neuen.

»Wie geht's dir auf der Arbeit?«, frage ich sie.

Sie lacht. Sie ist schön.

Auf dem lachsfarbenen Boden stapeln sich Steine.

»Die Arbeit ist unwichtig«, sagt sie.

Aus irgendeinem Grund fühle ich Erleichterung wie Sonne auf nackter Haut.

»Hast du Spaß am Leben?«, fragt sie.

Diese Frage gehört nicht zu den üblichen 34 Kennenlernfragen, um auf der Stelle Intimität zu erzeugen. Ich betrachte sie. Plötzlich sehne ich mich danach, Teil dieser frühlingshaften Leichtigkeit zu sein, die sie an diesem Nichtort umgibt. Ich möchte mich darin auflösen. Eins mit ihr sein. Habe ich Spaß am Leben? Freude. Felsenmeer. Mein träumendes Gesicht lächelt. Ich spüre es deutlich.

Wieder zwickt sie in die Wand dieses Traumes.

»Gummi wird mit der Zeit porös«, sagt sie.

»Zehn Prozent mehr Felsen«, höre ich den Mann sagen.

Kein Wunder.

A Sad 80s Kitsch Story

Er trat ohne zurückzuschauen hinaus in die milde Nacht. Hinter ihm fiel die Haustür krachend ins Schloss. Das nagelneue iPhone 12 zerschellte an der Bordsteinkante, das Display knirschte unter dem Absatz seines Stiefels. Mit einem Fußtritt landete das zerstörte Handy im Begonienbusch. Dann stieg er in seinen Ford Probe GT, dessen Rio-Rot das Licht der Straßenlaterne einfing. Er überprüfte den Sitz seiner grauen Haare im Rückspiegel. Der USB-Stick, der am Autoschlüssel baumelte, streifte sein Knie. Einen Moment lang starrte er auf den wackelnden Schlüsselbund. Schließlich ließ er das Auto an. Mit dem Aufheulen des Motors fiel die Anspannung dieses Lebens von ihm ab. Er saugte den Geruch von altem Plastik, verstaubtem Sitzpolster und Wunderbaum tief in seine Lungen. Ein letzter Blick auf sein Haus. Nicht mehr als ein Schulterblick, als er das Auto von der Einfahrt auf die Straße lenkte.

Er fuhr vorbei an heruntergelassenen Rollläden, hinter denen seine Nachbarn von Dienstschluss und Rente träumten. Dieser Moment war der Beginn seines ewigen Feierabends. Er würde so lange fahren, bis ihn der Tank oder die Müdigkeit zum Anhalten zwingen und danach weiter.

Im Kassettenfach steckte ein Tape. Darauf ein einzelner Song. Die Playtaste klackerte. Keyboard im Stakkato. Dann Gitarren, Bass und Schlagzeug, eine kreischende Dive-Bomb. Er fuhr sich mit der Hand durchs Haar. Niemand hatte auf seine Worte gehört. Sie hätten doch in all den Jahren sehen müssen, was ihn beschäftigte.

Die Straßen krochen dahin. Die Zäune, die Springbrunnen und Dekosteine in den Vorgärten, die akkurat gemähten Rasenflächen, Rosensträucher, Einfahrten, in denen Opel Merivas parkten, die 30er-Zonen. Am Ortsschild hob er die Finger vom Lenkrad. Tschüss. Mach's gut. Er nahm die Autobahnauffahrt Richtung Zukunft. Die ausgesessenen Sitze schmiegten sich an seinen Körper wie eine Geliebte. Das gelbliche Licht der Scheinwerfer streifte die leere Autobahn, während die Stadt im Rückspiegel in ihrem geisttötenden Sumpf aus immergleichen Handlungen und Emotionen versank.

Auf einem Autohof besuchte ihn ein Engel. Sie materialisierte sich in überirdischer Schönheit neben ihm auf dem Beifahrersitz, gerade als er in den Schlaf hinüberdämmerte. Er riss die Augen auf und erblickte die im Stil der 80er toupierte dunkelbraune Lockenpracht des Geistwesens, in der das lilafarbene Neonlicht der Tankstellenreklame schimmerte. Ihren Mund umspielte ein elysäisches Lächeln, in ihren leuchtenden Augen lag der Ausdruck von tiefem Verständnis. Sie trug enge schwarze Lederhosen, Sneaker und ein reinweißes Männerhemd. Ihre himmlische Wesenhaftigkeit war ihm ebenso vertraut wie der elegante, blumig-holzige Duft nach *My Melody*, den sie versprühte. In diesem Augenblick wusste er, dass sie ihn seit seiner Geburt begleitet, dass sie ihn beschützt und ihn im Schlaf umarmt hatte, an jedem einzelnen Tag seines Lebens.

»Ich bin hier«, verkündete sie mit übersinnlicher Stimme.

Aus ihrer Handtasche zog sie ein Mixtape, das sie sogleich ins Kassettenfach schob. Dabei streifte die transparente Schwingung, die von ihr ausging, seine Hand, dass er meinte, es ströme herzpochende Leichtigkeit mit der Wärme der Frühlingssonne seinen Arm hinauf, über Schulter und Brust bis tief in seine Seele.

Es verstand sich von selbst, dass sie Heavy Metal hörte.

»Auch im Himmel hören sie *Judas Priest*«, sagte sie und legte die Finger auf seine Lippen, die sich fragend öffneten.

Die Stimme von Rob Halford kroch ihm bei Dreamer Deceiver unter die Haut, ähnlich der angenehmen Aufregung, mit der er sich als junger Mann für eine Party zurechtmachte. Sie schwiegen den gesamten Song über.

»Altes Auto, altes Soundsystem, alte Musik«, sagte er in der Pause, in der das Lied wechselte. »Wer braucht's schon digital remastered, wenn man es eh auf Tape hört.«

Sie nickte. Sie lächelte mit leicht geöffnetem Mund. Sie zauberte ihm, der über Jahre kaum gelacht hatte, ein Lächeln ins faltige Gesicht. Gemeinsam hörten sie *Iron Maiden, Dio, Ozzy, Dokken, Twisted Sister* und *Ratt.* Sie drehten die Musik nicht leiser, um über die Songtexte zu sprechen oder über den Gitarrensound, das satte Schlagzeug, ihre Erinnerungen und Gefühle. Sie sprachen laut darüber hinweg, spielten anschließend denselben Song nochmal und nochmal und nochmal.

Beide lagen sie in ihren zurückgeklappten Sitzen, wobei sich ihre Fingerspitzen auf der Mittelkonsole leicht berührten. Es war die intensivste Berührung seines Lebens. In diesem Moment war er die Summe aller seiner möglichen Persönlichkeiten und Erfahrungen, seiner unterschiedlichen, situationsabhängigen Facetten, eben ganz Mensch ohne Label, Auftrag und Pflichten. Beim rosafarbenen Erblühen des Tages sanken seine Augenlider in schnellerer Abfolge, wie die Flügelschläge eines Vogels, der sich ein letztes Mal in die Lüfte emporschwang. Träge tauschte er die Kassette des Engels gegen sein Lied. *Runaway* spielte wieder aus den vibrierenden Boxen. Die Lichter der

Tankstellenreklame würden bald erlöschen. Es stimmte nicht, dass niemand ihn je gehört hatte.

Erde

Diese kleine lächerliche Schaufel, und die Erde prasselte auf ihren Sarg. Geräuschvolles Glockenläuten. Leises Murmeln. Er hörte nichts. Händeschütteln. Er spürte nichts. Beileidsbekundungen. Er verstand nichts. Die Sonne erklomm ihren Höhepunkt, das Leben erschien in einem neuen Licht. Er wandte sich für Monate von ihrem Grab ab. Er kaufte keine Blumen, ließ die Erde absinken. Er betete nicht. Fand sich vom Leben abgeschnitten, als hätte er seinen Arm oder einen Teil seiner Seele mit ihr beerdigt. Unzählige Erinnerungen katapultierten ihn in die Vergangenheit, in der sie lebte. Er schrie, weinte, lächelte, weinte erneut. In seinen Träumen besuchte sie ihn, klebte ihm ein Pflaster aufs Knie, weil er vom Fahrrad auf die Straße gestürzt war, kochte in seiner Küche Tee und gab ihm nebst Erziehungstipps für seine Tochter Ratschläge zum Gemüseanbau.

»Der beste Dünger ist Kompost.«

Hatte sie ihm das zu Lebzeiten je gesagt? Er stand nicht mehr fest auf beiden Füßen, die Erde unter ihm bebte. Letztlich hielt ihn eine Erkenntnis davon ab, zu fallen. Jeder Moment ist wertvoll. Und zerbrechlich. Daher so wert gelebt zu werden. Was, wenn bald der nächste unter der Erde lag? Was, wenn er es war?

Die Zeit verrann, ihr Körper verrottete. Manchmal stellte er sich vor, wie ihre sterbliche Hülle nun aussah, doch stets überlagerte ihre Aufbahrung das Bild.

Seine Mutter hatte ihn im Wasser zur Welt gebracht.

»Wir müssen unser Leben lang aufrecht stehen,« sagte sie ihm oft, »wieso nicht am Anfang frei schwimmen?«

Und trotzdem trug sie ihn so lange auf ihren Armen, bis er im Gras krabbelte und noch länger. Sie erklärte ihrem Sohn die Welt, half ihm bei seinen ersten Schritten auf der Erde. Sie ließ ihn gehen. Mit fünf packte er die Gartenschaufel seines Opas. Voller Entdeckerfreude grub er, bis ihn die Kräfte verließen. Woraus bestand dieses Erdreich? Nun wusste er es: Vergangenheit. Als Soldat kroch er durch den Schlamm, bis seine Muskeln versagten. Beim Hausbau trugen sie die Erde ab. Heute lag seine Mutter darunter.

Der Wurstmann

Karl Otto Farsbotter zieht die Vorhänge zu, die Bettdecke bis unter die Nase. Der Wind treibt das erkaltete Fett der Currywurstbude in sein Schlafzimmer. Das Fenster ist geschlossen. Trotzdem Gestank. Als würde es durch unsichtbare Ritzen im Gemäuer ziehen. Oder durch die Kanalisation. Im Bad klappt er den Klodeckel herunter. Sicherheitshalber. Er legt sich zurück ins Bett. Schließt die Augen. Schläft. Am Morgen darauf erwacht er mit Übelkeit, schwimmt auf schweißnassen Satinlaken. Er ist Nichtschwimmer, hat keine Schwimmflügel. Er zieht die Vorhänge beiseite. Das Verkaufsfenster der mobilen Bude ist geöffnet. Ein paar Jugendliche besänftigen ihren Kater mit Pommes. Gegen die Kopfschmerzen trinken sie Coca-Cola. Cola schmeckt nun auch Karl auf seiner Zunge. Er wirft einen Blick zum Wasserglas auf seinem Nachttisch, späht erneut hinaus. Einer stochert nach einem Happen in der Currysoße. Das Geräusch kratzender Plastikgabel auf Pappschale. Karl erschaudert – wieso hört er es durch das geschlossene Fenster? Er zieht die Vorhänge wieder zu. Dabei reißt ein Stück aus der Aufhängung. Er wird es der Imbiss-Inhaberin, dieser Frau Currywurstlerin, in Rechnung stellen.

In der Nacht träumt Karl, er habe sich in eine Wurst verwandelt. Eine menschgroße Bockwurst in einem Flanellschlafanzug. Vor dem Spiegel sucht er sein Gesicht. Wo sich rasieren? Er wäscht sich mit Seife den Fettglanz ab. Die Pelle trocknet aus. Ein Griff zur Nivea-Creme. Cut. Das heruntergelassene Rollo der Currywurstbude. Ein verschlossenes Auge, das sieht. Cut. Er sitzt in der S-Bahn. Er kratzt sich. Wie das? Er hat keine Extremitäten. Karl sieht an sich herunter. Die Ärmel seines Anzuges von Peek & Cloppenburg hängen leblos an seinem Wurstkörper herab. Die Leute in der Bahn starren ihn an. Mit offenen Mündern. Er setzt eine Sonnenbrille auf, um sich zu tarnen. Rechtzeitig erscheint er auf der Arbeit. Der Chef schreit ihn an: »Herr Farsbotter, Sie Würstchen!«

Nein, alles okay. Nur ein Traum. Er kaut lange am Seitenbacher-Müsli, trinkt eine Tasse Kaffee. Trinkt eine weitere Tasse Kaffee. Die Übelkeit hat er längst vergessen. Karl putzt seine Zähne. Duscht. Steckt seine vorhandenen Gliedmaßen in Hemd und Anzug. Schnürt Schuhe. Bindet Krawatte. Verlässt das Haus. Die regennasse Straße glänzt im Lichtschein der Currywurstbude. Ein Auto fährt vorüber. Aus dem Imbiss quillt Dampf. Die Currywurstlerin brutzelt Rindswürste. Sie fixiert ihn. Der böse Blick. Warum bestellte er argentinische Schaben im Internet? Karl lockert den Krawattenknoten. Wieso setzte er die *Blaptica dubia* aus? Weshalb rief er das Gesundheitsamt an? Schweiß steht ihm auf der Stirn. Er fährt mit dem Handrücken über sein Gesicht. Wurstfinger.

Carry On

Früher hörten sie Manowar. Heute Babygeschrei. Wieso jammert es ständig? Es hat alles. Die Liebe seiner Frau. Die Brust seiner Frau. Seine Frau, die erste und einzige Frau seit er fünfzehn war. Laura. Die schönste und klügste Frau, um die ihn jeder beneidete. Jetzt riecht sie nach Babykotze. Bisher fehlte ihm nichts. Ausgezeichneter Sex – oft genug – tiefsinnige Gespräche davor, währenddessen, danach. Eine gemeinsame Jugend, Vergangenheit, Identität.

Heimlich auf dem Schulhof rauchen. Hinter der Turnhalle. Jeder einen Kopfhörer im Ohr, volume auf max, von Manowars fettem Schlagzeugsound fast taub. Sich gegenseitig aus dem Steppenwolf vorlesen. Reden. Über die Stumpfsinnigkeit der Existenz. Und trotzdem Zukunftsträume aufblasen. Am Abend in Schrebergärten einbrechen. Dort gemeinsam die Nacht verbringen. Patches per Hand auf den Hosenboden nähen. Löcher in die Jeans schneiden, die Oma entsetzt zunäht. Längere Haare als die Mädels. Laura mit rotem. In Marcs Keller den Fusel von Marcs Vater trinken. Mit Laura über ihre pseudophilosophischen Texte diskutieren. Poster aufhängen. Alles scheiße finden, aber brennende Kirchen cool. Laura auf der Gitarre vorspielen, während sie nackt auf dem Teppich liegt und fragt, ob sie schön genug ist, ob ein Drachentattoo infrage käme. Hauspartys. Wettbewerb der dummen Sprüche. Die 80s-Platten von Marcs Vater auflegen. Gemeinsam »Carry On« und »You Give Love a Bad Name« grölen. Marc einen Vokuhila schneiden. Sich einen Schnurrbart wachsen lassen. Versehentlich die Tür aus den Angeln reißen. Illegale Konzerte. Prügeleien, weil man sie aufgrund der langen Haare Mädchen nannte. Lauras Verachtung für Gewalt. Sex. Auf der Motorhaube des rostigen Toyota. Viel Sex. Fernsehabende. Tarantino-Filme. True Romance – Lauras liebster. Marcs Braveheart DVD zum Glühen bringen. Mel Gibson feiern, blaue Gesichtsschminke für die Bühne in Erwägung ziehen. Marcs Vater zuhören, Geschichten aus der Gruft – die Konzerte seiner Jugend. Das erste Tattoo. Schlecht gestochen, egal. Proben in Marcs Keller. Eierschachteln an den Wänden. Mit vierzehn alle den gleichen Nietengürtel. Mit siebzehn alle den gleichen Patronengürtel. Kutten und Lederjacken. Auch Laura, und so enge Hosen, dass sie sich nicht hinsetzen kann. Die ersten eigenen Gigs. Nur vor den Freunden, weil keiner kam. Laura, sein schärfster Kritiker, sein größter Fan. Marc ergatterte einen Ausbildungsplatz bei der Bank. Er schnitt sich die Haare ab. Sein Vater starb.

Das Baby schreit wieder.

Bekannte und Unbekannte pilgern ständig in sein Haus. Um dem Kind in die Wange zu kneifen, sich über die winzigen Zehen zu freuen. Um zu diskutieren, wem es ähnlicher sieht, ihm oder Laura. Sie essen seinen Kuchen. Sie trinken sein Bier. Sie fragen nach dem Stuhlgang des Kindes, aber nicht nach seinem Befinden oder seiner Arbeit. Gestern wieder jemandem das Leben gerettet.

»Du, Schatz«, sagt er zu seiner Frau, »Laura. Ich bin ein Held.«

»Ach echt? Dann mäh den Rasen.«

Im Garten wirft er den Rasenmäher an. Das Geräusch übertönt das Babygeschrei im Haus. Da hört er Eric Adams' schrille Stimme, die ihn vor mehr als einem Jahrzehnt genauso bewegte wie heute, ein Ohrwurm. Weitermachen.

Und er mäht den Rasen.

Zufriedenheit ist mehr als Glück

Das hatte er im Internet gelesen. Er dachte an die kleinen Glücksmomente, die er sich regelmäßig verschaffte: Hilti-Werkzeuge kaufen, Filme ansehen, grillen und Unmengen an Steaks verspeisen. Doch obwohl ihm diese Momente wie körpereigene Leuchtkäfer schienen, die ihn von innen erhellten und nur darauf warteten aktiviert zu werden, fühlte er sich danach so ausgesaugt und weggetreten wie ein altes Trinkpäckchen am Straßenrand.

»Zufriedenheit ist mehr als Glück.«

Auf dem Internetblog hieß es ferner, man könne seine Gedanken und die Gefühle, die sie im Schlepptau hätten, kontrollieren. Schier unmöglich jenes wabbelnde Tintenfischmonster in seinem Kopf, das mit gewaltvollen Worten wie mit Wurfmessern schmiss, zu bändigen. Sein Job hatte dieses Monster vor Jahren erschaffen. Die endlos viele Arbeit hatte ihn verbittert, ihn bisweilen zum proletenhaften Arsch mutieren lassen, der seine Unzufriedenheit an jenen ausließ, die ihn verunsicherten. Trotzdem träumte er von einer Liebe, die all diese Gefühle wegstreichelte. Nein. Er sehnte sich nach Zufriedenheit und Selbstakzeptanz, nach *mental health*. Gerade als er sich eine Akku-Baustellenlampe kaufte und sein Herz hüpfte, fragte er sich: »Wozu das Ding?« Die einzige Baustelle in seinem Leben war sein Innenleben. Jetzt würde er sich stellen. Der Einsamkeit – ein finsterer Blumentopf voller Getier, dort wo die Pflanze einst wuchs. Der eisigen Leere. Seinem schlechten Verhalten anderen gegenüber. Er schüttelte den Kopf, kehrte an der Kasse um und stellte die Lampe zurück ins Regal. Laut Internetblog müsste er den Blick nach innen wenden, um diese beißende Unruhe zu besiegen. Dort hieß es: Der Beobachter ist nicht das Beobachtete. Dieser Satz. Der Beobachter ist nicht das Beobachtete. Wenn es ihm möglich war, seine Einsamkeit, seine Unzufriedenheit zu beobachten, bestand er dann nicht aus viel mehr als Einsamkeit und Unzufriedenheit? Wenn er in sich hinein spürte und das flaue Gefühl in seinem Bauch genau wahrnahm, anstatt es zu unterdrücken, es beachtete, merkte er, wie es allmählich nachließ. Zeitgleich hörte er sein Herz zuverlässig klopfen, hörte, wie sich seine Lungen mit Sauerstoff füllten, und ihm wurde bewusst, dass sein Körper funktionierte. Und auch zwischen seinen schlechten Gedanken fanden sich schöne. Er bestand nicht ausschließlich aus negativen Gefühlen und Symptomen. Vielleicht stellte sich dies als Weg zur langfristigen Zufriedenheit heraus, wenn er lernte, seinen Gedanken und Gefühlen Aufmerksamkeit zu schenken, sie zu akzeptieren und loszulassen.

Monde

Das tägliche Zähneputzen in ihrem Elternhaus begleitet seit jeher ein fluoreszierender Mondaufkleber, der am Badezimmerspiegelschrank klebt. Zwar hat er an Klebkraft eingebüßt, aber er hält. Heute ist ihr siebzehnter Geburtstag. Anstatt einen Kuchen und das dritte Bier ihres Lebens mit ihren drei besten Freundinnen zu teilen, drückt sie den Lichtschalter. Aus, der Mond leuchtet über dem schwarzklaffenden Waschbecken. Ein, stumpfgelber Aufkleber. Aus, Mondleuchten. Ein, blasses Vinyl. Aus, Mondleuchten. So lange sie denken kann, stellt sie sich dieselbe Frage.

Im Flur beugt sie sich über das Geländer der knarzenden Holztreppe. Im Wohnzimmer lauschen ihre Eltern der Mondscheinsonate. Unten rafft sie all ihren Mut zusammen.

»Mama, Papa.« Ihre Stimme klingt zaghaft. »Warum klebt dieser Mondaufkleber im Badezimmer?«

Ihre Eltern spiegeln sich im ausgeschalteten Fernseher wie graue Sphinxe. Mechanisch erhebt sich ihr Vater. Er dreht den Lautstärkeregler auf. Beethoven. Sie tritt ans Fenster. Draußen ergießt der Vollmond sein Licht über Mutters Begonien. Ob sie das erste Mädchen ist, das sich von einer Omnipräsenz an Monden in ihrem Leben erdrückt fühlt?

Tonlos sinkt die Haustür ins Schloss. Dies ist der rechte Zeitpunkt, die Flügel auszubreiten und davonzufliegen. Aber sie ist ein siebzehnjähriges Mädchen. Weder Vogel noch Kind noch Frau. Anstelle des Flügelpaares ein Eastpak-Rucksack, der ihre wichtigsten Habseligkeiten beherbergt. Sie geht. Mit jedem Schritt sicherer. Es ist, als lösen sich unter dem Nachthimmel Bremsen an ihren Fersen.

Der Bus überholt sie. Sie folgt zu Fuß den Windungen der Straße in Richtung Stadt. Das Getreide auf den Feldern schwingt im Licht des pausbäckig lächelnden Erdtrabanten. Es riecht nach Gräsern, auf denen die Grillen zirpen, und den Abgasen vorbeifahrender Autos.

Die Laternen der Stadt sind Halbmonde. Sie zählt sie. Dreizehn. Leichtfüßig folgt sie ihrer Abenteuerstimmung. Vor einem Club stehen Menschen. Möglicherweise Studenten. Im Vergleich zu ihr Erwachsene. Dröhnend klingt die Musik nach draußen. Wie Tropfen, die Wellen auf einem Teich schlagen. Sie mischt sich unter die Menschheit, zwischen Lacher und Parfüm. Ein Stück abseits lehnt sie sich an eine der Straßenlaternen. Sie schließt die Augen, saugt die Nacht in ihre Lungen. Beim Öffnen der Lider ist sie angekommen.

Ein rauchender Mann im schwarzen Anzug betrachtet sie. Er trägt eine kohlenfarbene Krawatte und ein mitternachtsblaues Hemd. Einzuschätzen, wie alt er ist, fällt ihr schwer. Er könnte 30 oder 50 sein. Sein Kopf ist blankrasiert, glänzend, mondgleich.

»Und was machst du, junge Dame?«, fragt er, eine Hand in der Hosentasche vergraben.

»Nichts«, entgegnet sie und starrt auf die ehemals weißen Sneaker an ihren Füßen.

»Nichts«, wiederholt er. Es glimmt in seinen Augen. Ist es die Reflexion der Laterne?

»Friedvolles nichts«, sagt sie.

»Nichts. Kann auch kalte Qual sein.«

»Im Moment nicht.«

Der Anzugmann überlegt eine Weile.

»James Dean sagte mal: ›Tu nie so als ob‹«, sagt er schließlich.

Sie hob die Augenbraue. »Als ob?«

»James Dean sagte: ›Wenn du eine Zigarette rauchst, dann rauche sie. Tu nicht so, *als ob* du eine Zigarette rauchst.‹«

Was soll sie dazu sagen? Sie wischt sich eine der rotblonden Locken hinters Ohr, schaut gen Himmel. Der Mond wartet weiterhin wolkenunbedeckt an seinem Platz. Der Mann kommt näher. Einen Schritt beiseite machend, sucht sie nach einer Antwort.

»Ein So-tun-als-ob«, sagt sie zögerlich, »was ist, wenn die Eltern alle Entscheidungen für einen treffen? Wenn man eine eigene Meinung nicht entwickeln kann, weil sie unterdrückt wird? Das Verhalten wird zu einem ›so tun wie geheißen‹, ›als ob‹ ist eine freiwillige Imitation, ›als ob‹ ist ein bewusster Entschluss zur Falschheit, oder?«

»Möchtest du so tun, als ob du eine Zigarette rauchst?«, fragt er.

Ohne dass sie die Bewegung wahrgenommen hat, hält er ihr ein perlmutterfarbenes Etui unter die Nase. Er lockert eine der reichlich langen Zigaretten.

»Ich möchte nicht so tun als ob. Ich möchte gar keine«, antwortet sie entschieden.

Sofort wendet er sich ab, betrachtet den Eingang des Clubs.

»Als hätten wir nie einen Menschen aus reiner Langeweile zerbrochen.«

Die Worte klingen hohl. Er dreht sich nicht zu ihr um.

»Was? Jemanden aus Langeweile brechen?«

Plötzlich friert sie.

Da wirbelt er herum und spricht in einem Singsang: »Wer sorglos geht, ohne sich zu verabschieden, der hinterlässt Sorge bei seinen Liebsten.«

Instinktiv macht sie einen Schritt zur Seite.

»Na ja, es kann nur eine künstliche Sorge sein. Wenn man zuvor die Chance hatte, den drohenden Verlust zu vermeiden.«

Er nickt.

»Was ist das für ein Laden?«, fragt sie, seinem Blick Richtung Club folgend.

Ein Schild ist nicht zu sehen. Die Frage scheint ihn zu verwirren. Eine Weile antwortet er nicht. Stattdessen betrachtet er nun sie. Ohne zu blinzeln.

»Das Vakuum«, flüstert er schließlich.

»Das Vakuum«, murmelt sie. »Also Tanzsäle ohne Materie?«

Mehrfach nickt er. »Ja, ja!«

Sie niest. Sobald sie ihre Augen wieder öffnet, ist er verschwunden. Sie zieht das Portemonnaie aus der Tasche. Fünfundzwanzig Euro und ein paar Zerquetschte. Am Einlass bittet sie niemand, den Rucksack zu öffnen oder den Ausweis zu zeigen. Unsichtbar gleitet sie an den Feiernden vorbei. Das Stroboskop im ersten Saal ist weiß wie das Mondlicht. Mit der Schwere des Basses sackt ihr das Blut in die Knie. Die Musik ist blass unrhythmisch. Wie ein bleiches Kornfeld im Wind wiegen sich die Tanzenden mit ihr. Da bildet sich eine Schneise, ihre Umgebung löst sich auf und alles, was sie noch wahrnimmt, ist er. Er ist jung und schön. Die Schlichtheit seiner Kleidung steht im Kontrast zu seiner intensiven Ausstrahlung, die sowohl Halt als auch Hoffnung verspricht. Sie versinkt in seine dunklen Iriden. Zwischen ihren und seinen Augen bildet sich eine Art Tunnel. Informationen aus ihrem Geist fließen in seinen und von seinem in ihren. Sie erkennen sich wortlos, denn sie wissen, dass sich Worte der Wahrheit – die man instinktiv spüren muss – nur annähern. Sie wissen, dass kein

Verhalten fehlerfrei ist. Nichts außer ihrem Zusammensein spielt in dieser Nacht eine Rolle. Ohne den Blick von ihren Augen zu lassen, durchquert er, gefolgt von ihr, den Saal und hinaus. Der Flur glimmt in einer Farbe, die sie nicht benennen kann. Wie magnetisch an ihn geheftet, folgt sie ihm die Stufen hinab. Hier unten fällt kein Mondlicht ein. Sie weiß genau, wer er ist. Den Mond vermisst sie nicht. Er ist alt, gleichzeitig jung, klug, aber leicht zu beeindrucken, warmherzig zu Katzen und kaltherzig zu Hunden. Er ist Freund, leidenschaftliche Liebe und ihr Verhängnis.

Marius Rehwalt, Chaos-Geflüster, 2021

Auszüge aus dem Leben des Herrn Wie-hieß-er-noch-?

Bücherschränke, 2013

Er rappelt sich auf von der Couch. Pure Anstrengung.

Er sagt: »Freunde, ade! Muss los!«

Er meint: Seine Bücherschränke.

Er ist wahrscheinlich schon lange nicht mehr normal im Kopf. Seine Nachbarn sagen: »Ey, der Herr Wie-hieß-er-noch-?, komischer Typ, lebt der noch oder liegt er schon tot in seiner Wohnung?«

Sein Name ist Walter. Er hat weder Familie noch Freunde. Vor ein paar Monaten kaufte er Brot beim Bäcker. Seine Stimme versagte. Er räusperte sich dreimal. Zu lange hatte er mit niemandem ein Wort gewechselt. Seitdem redet er mit seinen Bücherschränken.

Eines Tages fragen ihn die Schränke, wild durcheinander rufend: »Wie würden Sie ihr Leben beschreiben? – Ja! Beschreiben Sie es, bitte. – Erzählen Sie! – Ihr Leben, wie ist es?«

»Einsam, kalt.«

»Genauer?«

»Es kommt irgendwie nichts, ich verbringe meine Zeit mit Warten. Das Warten aufs Warten ohne etwas zu erwarten.«

»Kling kraftraubend.«

Eine Weile herrscht Schweigen. »Und würden Sie sagen«, fährt der linke Schrank fort, »das Warten ohne Erwartungen ist Hoffnungslosigkeit?«

Walter überlegt. »Ich würde sagen«, erklärt er schließlich, »niemand, der hoffnungslos ist, wartet noch. Ich stelle mich dem Warten. Ich weiß, heute Abend gehe ich ins Bett, um nach dem Aufstehen erneut auf das Vorüberziehen des Tages zu warten. Ein besonderes Ereignis erwarte ich jedoch nicht. Am Ende dieses Tages warte ich auf das Warten am nächsten Tag. Heute Abend schlafe ich mit dem Gedanken an das morgige Warten ein. Mein Leben ist eine Bushaltestelle, an der kein Bus kommt und kein Fahrplan hängt.«

»Also haben Sie noch Hoffnung.«

Walter verschränkt die Arme, bejaht.

»Worauf hoffen Sie?«

»Auf das Ende des Wartens.«

»Und Sie wissen, dass es eintreten wird?«

Walter rutscht auf dem Sofa nach vorn, schiebt die Kaffeetasse auf dem Couchtisch in die Mitte des Untersetzers, lehnt sich wieder zurück, verschränkt die Arme.

»Das Ende wird eintreten. So oder so. Auf die eine oder auf die andere Art.«

»Kennen Sie jemanden?«

»Ich kenne niemanden.«

»Aber Ihr Bruder klingelt manchmal, um Sie abzuholen?«

»Er klingelt einmal alle paar Monate. Er hat diese Jemand-muss-sich-doch-um-ihn-kümmern-Attitüde. Falls Sie denken, man merkt so etwas nicht, liegen Sie falsch.«

»Was machen Sie dann?«

»Warten.«

»Sie warten auch dann?«

Walter nickt.

»Aber Sie tun doch sicher etwas, wenn er kommt?«

»Ich nicht. Ich warte. Er nimmt mich zu einem seiner Schachspielabende mit oder ich darf ihn bei seinen Erledigungen begleiten.«

»Sie sagten, Sie kennen niemanden, aber Ihr Bruder besucht Sie und nimmt Sie zu seinen Schachabenden mit oder zum Einkaufen. Wie passt das zusammen?«

»Ich weiß nicht, was er macht, wenn er mich nach dem Schachabend zuhause absetzt, oder was er tut, wenn er schlechte Stimmung hat. Nein, ich denke, ich kenne meinen Bruder nicht wirklich.«

»Aber Sie fragen ihn erst gar nicht, was er noch so tut?«

Walter schüttelt den Kopf.

»Warum nicht?«

»Ich habe es mir abgewöhnt, denke ich.«

»Warum?«

»Damit ich nichts von mir erzählen muss. Fragen führen zu Rückfragen.«

»Beim Schachspielabend spielen Sie aber Schach.«

»Ich sehe dabei zu, wie er Schach spielt.«

»Können Sie es nicht?«

»Nein, ich kann es nicht.« Walter seufzt. »Um ehrlich zu sein, ich beherrsche Schach sehr gut. Besser als mein Bruder, würde ich sagen, da ich sein Scheitern oft voraussehe.«

»Wieso spielen Sie dann nicht selbst?«

»Ich habe das Gefühl, dass es mir nicht zusteht.«

»Aber es steht Ihnen zu! Sie können alles tun, was Sie möchten.«

Walter schweigt in Zeitlosigkeit. Er starrt auf die Holztür des größten Schrankes. Das Holz stiert erbarmungslos zurück. Er fokussiert es stärker. Das Buchenholz verändert seine wirkliche Form. Es scheint auszufransen, zu wachsen. Sein Bücherschrank dehnt sich zu einer Umarmung aus. Walter schließt die Augen. Er öffnet sie. Vor ihm stehen gewöhnliche Schränke.

Walter besinnt sich zurück auf das soeben geführte Gespräch: »Es geht nicht. Ich habe nie selbst Schach gespielt.«

»Probieren Sie es.«

»Es würde ... ich kann nicht. Wie reagieren die anderen? Ich bin schon immer jemand, der nur dabei ist. Ich bin kein Akteur. Ich bin Teilnahmsloser. Ich bin nicht. Ich sitze oder ich stehe daneben. So ... so ist das. Ich begleite meinen Bruder bei seinen Aktivitäten, habe aber selbst keine.«

»Wie sollen Sie teilnahmslos sein, wenn Sie selbst für sich sorgen, indem Sie kochen, sich waschen, einkaufen gehen?«

»Einkaufen. Essen. Überleben.«

»Wie ist das passiert?«, fragen die Bücherschränke unisono.

Das Knacken des Holzes schwillt zu einem lebhaften Tumult in Walters Wohnung an, die üblicherweise das Schweigen von Untätigkeit erfüllt. »Die Schränke sind lebendiger als ich«, schießt es ihm durch den Kopf.

Der Google-Suche zufolge sei dieses Holzgeräusch auf eine hohe Luftfeuchtigkeit zurückzuführen, welche das Holz ausdehne und das Knacken verursache. Gleiches ereigne sich bei Temperaturschwankungen. Walter wischt sich den Schweiß von der Stirn. Vorstellbar, dass er sich allmählich auflöst. Er verliert an Substanz und verdunstet auf dem Weg in die Unsichtbarkeit. Dabei zieht er seine Umwelt in Mitleidenschaft. Er hat nie darüber gelesen, ob das Knacken dem Holz schadet. Dennoch ist er sich sicher: Er ist ein Nachteil für seine gesamte Umgebung.

Er starrt zwei Stunden in den Fernseher, ehe er fortfährt: »Schon als Kind war ich nur dabei. Ich hatte keine Freunde. Kein Hobby, machte nicht einmal Sport. Es kam vor, dass mich jemand einlud, ab und an, aus Mitleid. Dann war ich dabei. Stand danebe. Habe kein Wort gesagt.«

»Sie sagten kein Wort?«

»Na gut, vielleicht sagte ich gelegentlich etwas wie ›reich mir doch mal bitte das Wasser‹ oder ähnlich Belangloses.«

»Hatten Sie denn nichts zu sagen?«

»Oh doch, sogar eine Menge. Mein Kopf war angefüllt mit Gedanken, sie schwappten von Schädelwand zu Schädeldecke, aber liefen nie über.«

»Sie konnten also einfach nichts sagen?«

»So ist es.«

»Warum?«

»Meinen Mitschülern gab ich nicht weniger Schuld als mir selbst. Ich war unnormal, die anderen Kinder gesund. Dennoch sprangen sie nicht über ihren Schatten, um mich anzusprechen, mir zu helfen. Wieso taten sie nichts? Ich hasste sie dafür. Aber es waren Kinder. Ich habe sie verunsichert, sie konnten mit meinem außergewöhnlichen Verhalten nicht umgehen. Die Erwachsenen hätten helfen müssen.«

»Doch sie halfen nicht«, beenden die Bücherschränke seinen Satz.

»Danke, fürs Zuhören.« Walter steht auf. »Ich muss jetzt einkaufen.«

Er winkt seinen Freunden zu. Die Regalböden lächeln aufmunternd.

Auf der Toilette ist die Defäkation normal. Beruhigt schließt Walter die Tür der Gästetoilette. Im Badezimmer putzt er sich die Zähne, wie immer, kurz bevor er die Wohnung verlässt. Die Härchen auf seiner Haut stellen sich auf. Sein Herzschlag verdoppelt sich auf dem Weg ins Schlafzimmer, obwohl er bummelt. Walter erahnt das Herannahen des Raubtiers. Es ist 17:40 Uhr. Noch Zeit. Der Bus kommt um 18:12 Uhr. Nicht genug Zeit. Er tritt von einem Fuß auf den anderen. Beim Öffnen des Kleiderschranks bemerkt er die Schweißflecken, die seine Fingerspitzen auf der Hochglanzoberfläche des Schrankes hinterlassen und langsam verblassen. Walter wählt Hemd, Hose, Unterwäsche und Gürtel. Mit zitternden Fingern legt er die Kleidung auf dem Bett aus. Anschließend kehrt er zurück ins Bad. Er wäscht sich wie am Morgen dieses Tages. Seine Blase drückt, dabei hat er kaum getrunken. Erneut sucht er die Toilette auf. Im Anschluss kleidet er sich an. Seine Beine beben. Er setzt sich aufs Bett, zieht die Hose im Sitzen an. Der Schweiß seiner Finger hinterlässt Spuren auf dem Leder des Gürtels. Im Vorfeld hatte er gefürchtet, sich in Luft aufzulösen. Jetzt sehnt er sich danach. Doch er ist das gejagte Tier, sichtbar wie nie. Es fällt ihm schwer, sich auf das Anziehen zu konzentrieren. Nachdem er in die Hemdsärmel geschlüpft ist, greift er zum Unterhemd, um es über den Kopf zu ziehen. Er tauscht beides, knöpft das Hemd falsch. Löst die Knöpfe erneut, beginnt von vorn. Er durchforstet sein Hirn nach Alltagsgedanken, versucht sich auf

Routinehandlungen zu konzentrieren. Der erste Knopf gehört ins erste Loch. Der darauffolgende ins zweite. Sein Herz krampft, er erinnert sich an Meditationsvideos auf YouTube – man soll an die beruhigende Wärme von Sommersonne auf nackter Haut denken –, das Drücken seiner Blase raubt ihm die Konzentration. Er ignoriert sie. Das Hemd ist klatschnass. Er wechselt es. Sein Unterleib schmerzt. Im Bad uriniert er, ohne das Gefühl vollständiger Entleerung. Er trägt Unmengen Deo auf, besprüht sich mit seinem Lieblingsparfüm, wie um zu verhindern, dass das Raubtier seine Witterung aufnimmt. Doch das Monster beobachtet ihn ohnehin längst, ein Entkommen gibt es nicht. Sein Mund ist trocken. Er trinkt aus dem Wasserhahn. Übelkeit steigt in ihm auf. Dabei hat er vor einer Stunde mit gesundem Appetit zwei Teller Spaghetti verspeist. Seine Blase meldet sich erneut. Er bemerkt, dass er nicht mehr regelmäßig atmet. Unbewusst hat er knapp und kurz eingeatmet, die Luft jedoch zu lange angehalten. Das putscht ihn weiter auf. Er versucht, langsam ein- und auszuatmen. Es funktioniert nicht. Durch seine Lungen atmet das Raubtier. Sein Körper ist bereit zu rennen. Kilometerweit. Sein Darm meldet Alarm. Die Spaghetti schießen auf der Toilette durch. Er schließt die Badtür wieder hinter sich. Er weiß, dass diese Angelegenheit nicht erledigt ist. Die Wohnung, sein Zufluchtsort, verwandelt sich in ein trudelndes Karussell des Grauens, in dem er gefangen ist. Auf das Pferd der Apokalypse gefesselt, spürt er die Umarmung des Sensenmannes im Rücken, der ihm ins Ohr flüstert: »Es wird erst enden, wenn du in die Wohnung zurückgekehrt bist.«

Walter läuft vom Flur ins Schlafzimmer ins Bad, in den Flur ins Schlafzimmer ins Bad ... Es ist fünf nach sechs. Er schlüpft in seine Jacke. Unerbittlich schlägt das Raubtier seine Krallen in seine Gedärme. Ein letztes Mal ins Bad. Er schließt die Tür. Das muss reichen. Trotzdem dreht er seine Runden im Flur. Das zweite Hemd ist durchgeschwitzt. Er wechselt es nicht. Unterwegs schwitzt er ohnehin. Nicht, wenn er in der Küche ...

Das Brummen des Kühlschranks beruhigt ihn. Er kippt einen Schluck Wodka hinunter. Zwei. Einen dritten. Wirft die leere Flasche zurück ins Eisfach. Im Flur greift er die Schlüssel. Er öffnet die Wohnungstür. Unten nimmt er den Bus zum Supermarkt.

Couchchaos, 2016

Walter liegt auf der Couch. Zwei Bierflaschen lehnen kühl an seinem Bauch. Die Flaschen hängen mit ihm ab. Mit ihm, der Flasche. So denkt er. Gestern hat er die Hundedecke des Langhaardackels geflickt. Die Nähte der Flicken sind krumm und schief. Selbst eine Decke erinnert ihn an sein Versagen. Walter betrachtet sein Leben als Niederlage. Ohne Arbeit, ohne Familie. Sein Bruder besucht ihn nicht mehr. Warum, weiß er nicht. Die Bücherschränke schweigen, seit er den Dackel hat. Der Hund schaut ihn unschuldig an. Seine nachtschwarzen Augen lachen. Das Tier hängt gerne mit den drei Flaschen ab. Es freut sich über alles. Freude zu empfinden, fällt seinem Herrchen dagegen seit Langem schwer. Einzig der Hund scheint eine Rose im toten Sumpf von Walters Herz erblühen zu lassen. Bei Gassigängen im Sonnenschein erwachen die trägen Lebensgeister des depressiven Mannes. Deutlich vernimmt er die Geräusche der Welt wie Vogelgezwitscher, Hundebellen oder Blätterrauschen, und sobald der Hund eine Hundedame begrüßt, zucken an solch herrlichen Tagen sogar Walters Mundwinkel nach oben. Mit dem Tier an seiner Seite droht ihn die Panik nicht mehr zu überwältigen. Erst wenn er seinen tierischen Freund vor dem Supermarkt anbindet, packt ihn der Schrecken seiner Realität.

Mit dem Hund stirbt der letzte lebendige Teil von Walter. Er verlässt die Wohnung abermals nur für die allernötigsten Besorgungen.

Der Alkohol liegt am Dienstag wie ein Film auf seiner Zunge. Er hustet, ohne die körperliche Notwendigkeit des Hustens, in die nadelstechende

Stille. Tonlosigkeit ist Abwesenheit und Abwesenheit ist das Fehlen geräuschverursachender Lebenszeichen; und wo fremdverursachte, hörbare Ereignisse ausbleiben, ist man allein und Alleinsein ist Leere. Nicht mal der Wind besucht ihn am Fenster. Es wird Walter zur Pflicht, eigenständig Geräusche zu erschaffen, denn er ist sich sicher, lebende Menschen verursachen lediglich im tiefsten Schlaf Stille – und was er empfindet, ähnelt der Nachtruhe mitnichten. Er wirft ein dickes Buch zu Boden. Es klatscht auf die knarzenden Dielen. Dieser Lärm zeigt an, dass in seiner Wohnung jemand lebt, sodass sich jeder Nachbar im Klaren sein sollte, er, der Herr Wie-hieß-er-noch-?, tut etwas. Walter ist überzeugt, Leben hat mit Tun und Schaffen zu tun. Sein Denken führt zur innerlichen Vibration aus Wut, Enttäuschung und Angst. Furcht vor der Panik, die ihn am Arbeiten hindert, der Sozialphobie, die ihm die Möglichkeit einer Freundschaft raubt.

Eines Tages verletzt er sich beim Spülen an der Hand. Das Blut strömt, sein Nachbar fährt ihn ins Krankenhaus. Die beiden besprechen unterwegs den Unfallhergang. Walter sprudelt über vor Worten. Endlich hat er etwas zu berichten.

»Versuchen Sie mal, nur von Ihrem Kummer zu erzählen. Die Menschen verlassen Sie dann wie Motten, die zum Licht fliegen. Als wären Sie das schwarze Loch der Dunkelheit«, sagt Walter am darauffolgenden Tag zu den Bücherschränken, die zur Antwort betreten schweigen.

Sein Telefon hat er seit Langem abgemeldet. Ohne die Möglichkeit, Anrufe zu erhalten, bleibt ihm die Enttäuschung erspart, dass es nicht klingelt. Im Übrigen läutet es auch an der Tür nicht. Er überlegt, die Türklingel ebenfalls abzustellen: »Das Abstellen der Klingel wäre eine Tätigkeit, und Menschen, die etwas tun und schaffen, die leben, ja, so kann man das nennen.«

Walter liegt auf der Couch. Er stellt sich vor, sich mit den Fingern die Augäpfel aus den Höhlen zu reißen. Einfach so. Oder sich mit einem Messer den Bauch aufzuschneiden, um anschließend mit seinen Körperteilen und -flüssigkeiten ein Chaos anzurichten, das alle, die durch seine Schreie (oder im Nachhinein durch den Gestank) angelockt in seine Wohnung kämen, verstören müsste; ein Chaos, das jeden in ein schwarzes Loch hineinziehen würde, in den Vortex aus Unordnung und Turbulenzen, aus Blut und Organen, in dem alles auf dem Kopf steht, in dem die Möbel auf dem Kopf stehen, die Welt verkehrt, verdreht, dass ihnen, die ihn finden würden, das Blut in die Birne schießt und die Füße kribbeln.

Er überlegt, die Möbel auf den Kopf zu stellen, schlicht herumzudrehen, sodass die Schubladen der Kommode keinen Sinn mehr ergäben, dass ihnen jegliche Funktion entzogen würde. Das wäre Chaos und es wäre etwas, das er tun könnte, denn nur in Tätigkeit lebt man.

Brückenbewusstsein, 2018

Er schlug eine Brücke vom x-beliebigen Mittwoch zum Tod. Der Lebenssturm raubte ihm am höchsten Punkt über dem Abgrund den Atem. Unzählige Male hämmerte sein Herz in Todesangst. Doch endlich erkannte er die Ruhe, den Frieden, die Leichtigkeit in der Stille. Er hatte verstanden: Wenn man Computerspiele inmitten der Story abbrechen durfte, dann auch das Leben.

Jemand zog ihn am Mantel vom Geländer. Der Fremde quetschte ihn mit seinem gesamten Körpergewicht auf den Brückenboden. Erst da bemerkte er das Rauschen der Autobahn, die Schreie des Mannes und die Tränen in seinen eigenen Augen. Er wollte nicht sterben. Nein, er wollte nicht sterben.

An die Krisenintervention und die Einweisung in die Psychiatrie erinnert er sich nicht mehr. Nur daran, dass es ihm stets freistand, zu gehen. Am Tag darauf setzt man ihm eine Datenschutzverordnung und einen Anamnesebogen vor. Ihm ist egal, wo seine Geschichte landet, er existiert, ist am Leben, das zählt. Walter unterschreibt. Aber ein

Anamnesebogen als Autobiografie? Er zerreißt den Zettel. Der Pfleger bringt ihm einen neuen. Den zerknüllt er. Er kommt mit einem dritten. »Sie müssen.«

Fragebogen. Name: Wie-hieß-er-noch-?. Vorname: Walter. Und so weiter und so fort. Versicherungssituation. Blabla. Jetzt füllt er den Anamnesebogen mit der Hingabe eines Chronisten aus.

Der Arzt verschreibt beerenblaue Benzodiazepine, himmelblaue Antidepressiva und sonnengelbe Neuroleptika. Walter starrt stundenlang gegen die Wand, verliert Gewicht und die Hälfte seiner Haare. Er bekommt nun gelbe Antidepressiva, die Düsternis weicht einer Sommerleichtigkeit, der Schrecken aus seinem angsterschöpften Herzen. Walter vereint sich mit seiner Umwelt, besucht Einzel- und Gruppentherapie und erzählt jedem Mitpatienten, Pfleger, Besucher und Therapeuten seine Geschichte. In aller Deutlichkeit beschreibt er ihnen die Leere, die ihn als Kind einfror, berichtet vom Raubtier, das ihn auf unzählige Arten zerfleischte, und von der Brücke, auf der ihm das Leben bewusst wurde.

»Installation 2020«

Walter geht wieder arbeiten. Er arbeitet gut. Er ist ein eingebundenes Teammitglied. Er spaziert, ohne Angst, mit seinem zweiten Hund Pauli durch den Park. Er kauft ohne Panik ein. Er grüßt die Nachbarn. Er benötigt keine Medikamente mehr. Sein Körper hat sich beruhigt.

Walter macht eine Verhaltenstherapie, die er nach drei Jahren erfolgreich und ohne Verlängerung beendet. Durch regelmäßige Meditation gelingt es ihm, sich zu entspannen. Er hat das Raubtier vertrieben, spürt die Gesundheit seines Körpers, gewinnt an Kraft und Vitalität. Mit Hilfe von Übungen lernt er, den Alltag zu meistern. Beispielsweise schlägt ihm die Therapeutin vor, etwas alleine, ohne die sichere Begleitung seines Hundes, zu unternehmen. Er habe es geschafft, entspannt einkaufen zu gehen. Wieso besuche er beispielsweise keine Ausstellung oder etwas anderes, das ihm Spaß mache?

Walter nimmt den Ratschlag an. Im Museum für angewandte Kunst kauft er sich eine Karte und zeigt seinen Impfnachweis vor. Er lächelt die Dame an der Kasse an. Hinter dem Mund-Nasen-Schutz fühlt er sich sicher. Zögerlich durchstreift er das Museum. Mit jedem Schritt fühlt er sich sicherer.

Vor einer Installation mit dem Namen »2020« hält er inne. Zu dieser Zeit zog die Pandemie unbeachtet an ihm vorüber, denn sein damaliges Leben fühlte sich an wie eine einzige Quarantäne. Niemals hätte er sich ausgemalt, dass er eines Tages gesund sein, dass er befreit, ohne Bauchkrämpfe und Angst ein Museum besuchen würde.

Die Installation besteht aus einem Käfig mit zwei Menschenpuppen darin. Die Gitterstäbe sind beklebt mit Zeitungsartikeln. Walter tritt heran und liest die Schlagzeilen: »Bei Erkältungssymptomen Corona-Hotline anrufen«, »40 Prozent der Bevölkerung in Deutschland sind Risikogruppe«, »Maskenpflicht im Unterricht«, »Muss ich ins Home-Office?«, »Warnung vor ›Querdenken‹-Bewegung«, »Entspannt im Lockdown light«, »Situation in Kliniken verschärft sich«, »Datenschutz & Corona-Warn-App«, »Einschränkungen im Lockdown verschlechtern Depression«, »Corona: Hilferufe von Kindern und Jugendlichen nehmen zu«, »Corona verstärkt Suizidgedanken«, »Häusliche Gewalt: Beratungsstellen schlagen Alarm«, »Coronavirus: 78.500 Todesfälle in Deutschland.«

Walter hört auf zu lesen, widmet seine Aufmerksamkeit dem Inhalt des Käfigs. Im ersten Moment erschrickt er beim Anblick der täuschend echt aussehenden Puppen. Dann betrachtet er die Details. Die Figur zu seiner Rechten trägt auf dem Kopf ein Tuch, am Körper ein bauchfreies Oberteil und weite Hosen, an den Füßen Sandalen, um den Hals eine Kreuz-Kette, ein Buddha-Tattoo am Oberarm. An ihrem Handgelenk baumelt ein modischer Mund-Nasen-Schutz. In derselben Hand hält sie ein iPhone. Mit dem anderen Arm weist sie den Jungen im Schlafanzug von sich. Das Kind kickt einen Fußball, der krachend gegen die Gitterstäbe

prallt. Beide Figuren werfen hin und wieder Aus-
sagen in den Raum. Es findet jedoch kein Dialog
statt. Im Hintergrund ist ein Fenster in den Käfig
eingelassen. Es ist mit Geranien bepflanzt. Ein auf
das Glas projizierter Herr klatscht ab und zu oder
stimmt ein Lied an.

Walter lässt sich auf eine Bank gegenüber der
Installation sinken und das Kunstwerk auf sich
wirken. Neben ihm sitzt eine Frau in seinem Alter.
Sie wahren die Sicherheitsabstände.

Walter begrüßt sie: »Guten Tag«.

Sie nimmt eine offene Haltung ein, schiebt dabei
eine Locke hinter ihr Ohr und erwidert den Gruß.
Walter erkennt ihr Lächeln unter der Maske, denn
es verändert die Form ihrer Augen. Ein Kribbeln
lümmelt sich in seinem Bauch. Schüchtern wendet
er sich wieder der Installation zu. Die stehende
weibliche Puppe hält den Blick auf ihr Smartphone
gesenkt. Ihre Gedanken hallen von allen Seiten aus
dem Käfig: »Ein Kindermädchen, ein Pool unter
der kalifornischen Sonne, das Leben der Stars
muss herrlich sein. Wir haben nicht mal einen
Balkon zum Luftschnappen.«

»Mama, guck doch mal, guck doch mal!«, ruft der
Puppenjunge. »Wann fängt die Schule endlich
wieder an?«

Die große Puppe ignoriert ihn.

»Wie soll ich die Rechnungen bezahlen?« Dieser
Gedanke klingt sorgenvoll.

»Wann gehen wir raus, Mama? Warum hast du nie Zeit?«, brüllt der Puppenjunge, indessen der Mann im Hintergrund »Freude schöner Götterfunken« singt.

Nach einer Pause liest seine Mutter mit bebender Stimme einen Termin aus ihrem Smartphone-Terminplaner. Abermals folgt das Hallen ihrer Gedanken: »Ich habe gleich ein Online-Vorstellungsgespräch. Ich hoffe, mein Kind ist brav.«

»Sie zittert«, sagt die Frau neben Walter.

»Sie zittert?« Er versteht nicht.

»Ja, die Puppe.«

Tatsächlich bebt der Körper der erwachsenen Figur.

»Sie hat Angst.«

Walters Sitznachbarin nickt.

»Ich muss nie wieder lernen!«, kreischt der Junge im Singsang.

Der Herr im Hintergrund klatscht.

Die Puppenmutter denkt: »Die Normalität ist so lange her, dass ich die positive Sicht auf mein Leben verliere.«

Walter schnürt es den Brustkorb zu. Er sinkt mit dem Rücken gegen die kühle Lehne der Bank, rasch entspannt er sich mithilfe eingeübter Techniken. Für ein paar Atemzüge blendet er gezielt seine Umwelt aus. Das Gefühl der Entspannung lässt er nachwirken. Schließlich fasst er einen Entschluss. Er strafft die Schultern und beugt sich kaum merklich zu seiner Sitznachbarin hin, deren frühlingsleichtes Parfüm er sogleich dezent durch die Maske wahrnimmt.

»Ich bin übrigens Walter«, sagt er, erleichtert über die Lockerheit in seiner Stimme und das zeitgleiche Aufhellen ihres Gesichts.

»Freut mich, Walter. Ich bin Nisa.«

»Ich würde dir die Hand geben, aber ...« Er lacht, hört ihr Lachen, betrachtet die Veränderung in ihren Augen.

Der Ausraster des Puppenjungen im Hintergrund holt sie zurück. Der Lautsprecher verkündet die Zerstörung eines Zimmers: »Warum darf ich meinen Freund nicht besuchen?«

Die erwachsene Puppe schweigt.

»Wozu ist das blinkende Herz auf ihrer Brust?« Walter deutet auf das Oberteil der Puppenfrau.

»Damit kannst du ihr ein Like geben. Du kannst dort drücken, dann leuchtet es heller.« Nisa zeigt auf einen Knopf an den Gitterstäben vor ihnen. »Wie auf Social Media.«

Das Geräusch zerreißenden Papiers dringt aus der Lautsprecherbox.

»Wenn du mir meine Hausaufgaben nicht erklären kannst, muss ich keine machen!« Der Junge plärrt hysterisch. »Ich möchte draußen spielen, draußen!«

Walter betätigt den Knopf. Die Puppenmutter kichert, gefolgt von weiteren Gedanken: »Ich habe Angst, dass mein Kind sich ansteckt, dass ich mich anstecke. Ich sorge mich um seine Zukunft.«

Walter drückt den Knopf. Erneutes Kichern. Gleich darauf ein Schreien: »Ich kann nicht mehr! Ich will nicht mehr!«

»Schrecklich«, sagt Walter, der sich, all seinen Mut zusammenraffend, abwendet und stattdessen ein abstraktes Bild betrachtet. »Möchtest du einen Kaffee mit mir trinken, Nisa?«, platzt es plötzlich forscher als geplant aus ihm heraus.

Doch Nisa steht auf und lächelt. »Sehr gerne, Walter.«

Danksagung

Mein größter Dank gilt meinem Mann, der bereits vor zehn Jahren die ersten Fragmente von »Selbstflucht«, »Couchchaos« und »Der Herr Wie-hieß-er-noch-?« las: Danke, dass du an mich geglaubt hast. Deine motivierenden Reden, deine Begeisterung für meine Figuren und deine Ehrlichkeit haben mir sehr weitergeholfen, sodass ich weitergeschrieben und Walter fast ein Jahrzehnt später ein Happy End verpasst habe.

Herzlichen Dank auch an René Welter für das gründliche Lektorat und Korrektorat, den moralischen Beistand, die Begeisterungsfähigkeit und Genauigkeit. Die Zusammenarbeit mit dir hat mir sehr viel Spaß gemacht!

Darüber hinaus danke ich vielmals Ronja Krüsemer: Du hast mich mit deinem wertschätzenden und ehrlichen Feedback ein ums andere Mal zu noch besseren Einfällen angetrieben!

Vielen Dank auch an Christian Lensa: Für dein Feedback, die Motivation und die Lacher. Das habe ich sehr gebraucht.

Dankbar bin ich darüber hinaus Marius Rehwalt, der mein »Couchchaos« malerisch interpretiert hat: Du hast die psychische Erfahrung von Walter hervorragend in Farben übertragen, was mich gleichermaßen gefreut und geehrt hat.